Das Schiff singt sanft von seiner Reise.
Oh, I can't take another heartache Though you say you're my friend I'm at my wit's end.
Das Schiff singt von Trennung und Vergänglichkeit und Abschied.
You say your love is bona-fide But that don't coincide With the things that you do.
Das Schiff singt in die Stille, ein letzter Ton, dann umzüngeln es Flammen.
And when I ask you to be nice, you say--
You've got to be cruel to be kind In the right measure Cruel to be kind It's a very good sign!
Cruel to be kind, means that I love you... baaaaaabyyy...
Das Schiff flüstert: Du wirst niemals alleine sein.

KONTAKT
J. MICHAEL STRACZYNSKI WORTE GARY FRANK BILDER
JOHN SIBAL TUSCHE SOTO FARBEN
RAM LETTERING STEVE KUPS ÜBERSETZUNG
JOE QUESADA US-REDAKTION
BILL JEMAS PRÄSIDENT
Got to be cruel to be kind.

SUPREME POWER™

BUCH 1

J. MICHAEL STRACZYNSKI
Story

GARY FRANK
Zeichnungen

JON SIBAL
Tusche

CHRIS SOTOMAYOR
Farben

RAM
Lettering

STEVE KUPS
Übersetzung

NICK LOWE, MIKE RAICHT, JOE QUESADA
Redaktion USA

BILL JEMAS, DAN BUCKLEY
Chefredaktion USA

CHRISTIAN G., PIA O., LISA P.
Redaktion Deutschland

MAX SUPREME POWER™

STAN LEE PRÄSENTIERT SUPREME POWER BUCH 1

SUPREME POWER

Schon seit er mit seinem ambitionierten und bislang unvollendeten Projekt *Rising Stars* sein Comic-Debüt feierte, wollte **J. Michael Straczynski** ein gewaltiges Epos erzählen, in welchem wir die Reaktion eines Planeten sehen, auf dem die ersten Superhelden auftauchen, und die Veränderungen, die diese übermenschlichen Heroen mit sich bringen. Als Straczynski dann zu Marvel kam, um **Spider-Man** zu einem frischen Start zu verhelfen, war es nur noch eine Frage der Zeit, bis er dieses Konzept, welches auch schon von **Alan Moore** in *Watchmen* und von **Mark Gruenwald** in *Squadron Supreme* behandelt wurde, erneut angehen würde. Straczynski sah in Marvels **Squadron Supreme** das perfekte Spielzeug. Ironischerweise war die "Super-Schwadron" ursprünglich eine Superheldentruppe einer Parallel-Erde, deren Kräfte "zufällig" denen der *Justice League of America* von DC (Marvels ewigem Konkurrenten) sehr glichen. Und so war dann **Hyperion** also eine Anspielung auf Superman, **Power Princess** erinnerte an Wonder Woman, **Doctor Spectrum** war Green Lantern, **Nighthawk** ähnelte Batman, **Amphibian** fand in Aquaman sein Gegenstück, **Whizzer** im Flash und so weiter. Natürlich gab Marvel dies niemals offiziell zu, aber es lag glasklar auf der Hand. Selbst Redakteur **Ralph Macchio**, der die Squadron Supreme-Maxiserie bearbeitete, witzelt in seiner Einleitung zur Sonderausgabe von *Supreme Power* 1 darüber. Heute trennen mehr als dreißig Jahre diese Geschichte von jener, die diese Helden in das Marvel-Universum einführte, damals geschrieben von **Roy Thomas**. Und beinahe zwanzig Jahre vergingen seit dem Erscheinen von *Squadron Supreme*, die als eine der besten Marvel-Maxiserien aller Zeiten gilt. Ein neues Millennium brach an und nun ist Straczynski an der Reihe, eine Geschichte über Superkräfte zu erzählen, und wie sie Leute vollkommen zu korrumpieren vermögen. Erzählt wird sie im Rahmen der MAX-Reihe für erwachsene Leser. Und das, kurz gesagt, auf verdammt geniale Weise! Viel Spaß mit diesem ersten Band!

MAX: SUPREME POWER erscheint bei **PANINI COMICS**, Ravensstraße 48, D-41334 Nettetal-Kaldenkirchen. Marvel Comics werden unter Lizenz in Deutschland von PANINI Verlags-GmbH veröffentlicht. Druck: Novastampa - Verona. Pressevertrieb für Deutschland, Österreich und Schweiz: Stella Distribution GmbH, D-20097 Hamburg. Direktvertrieb für Deutschland: Panini Verlags-GmbH, Rotebühlstr. 87, D-70178 Stuttgart - Auslieferung über Rübartsch & Reiners GmbH & Co. OHG, D-41199 Mönchengladbach. Direkt-Abos auf **www.paninicomics.de** Anzeigenverkauf: Comix Connexion, **Lars Jähnig**, Tel. 0941/5840572, Fax: 0941/5841817. Geschäftsführer **Frank Zomerdijk**, Publishing Director Europe **Marco M. Lupoi**, Editorial Director **Tony Verdini**, Redaktion **Christian Grass**, **Steve Kups**, **Luigi Mutti**, **Pia Oddo, Lisa Pancaldi**, Finanzen & Beratung **Axel Drews**, Marketing Director **Max Müller**, Marketing **Thorsten Kleinheinz**, Vertrieb **Alexander Bubenheimer**, Logistik **Ilja Jennes**, Lektoren **ENZA**, **Anja Seiffert**, Übersetzer **Steve Kups**, graphische Gestaltung **Rudy Remitti**, **Nicola Spano**, Layout **Marco Paroli**, Art Director **Mario Corticelli**, Redaktion Panini Comics **Annie Dauphin**, **Beatrice Doti**, **Marco Ricompensa**, Produktion Panini Comics **Francesca Aiello**, **Andrea Bisi**, **Alessandra Gozzi**, **Lorenzo Raggioli**, **Lorena Rubbiani**.

… OH MEIN GOTT…

ER IST UNVERLETZT.
ES IST... ALS WÄRE ER **GESCHICKT** WORDEN... ALS HÄTTE **GOTT** IHN UNS GESCHICKT.
ES IST EIN ZEICHEN, DASS... ZWISCHEN UNS ALLES WIEDER GUT SEIN WIRD.
ER KANN BEI UNS BLEIBEN. NUR... NUR HEUTE NACHT. WIR WERDEN MORGEN SEHEN, OB... NA JA, WIR WERDEN SEHEN, OKAY?
OKAY, SEHEN WIR MORGEN WEITER.

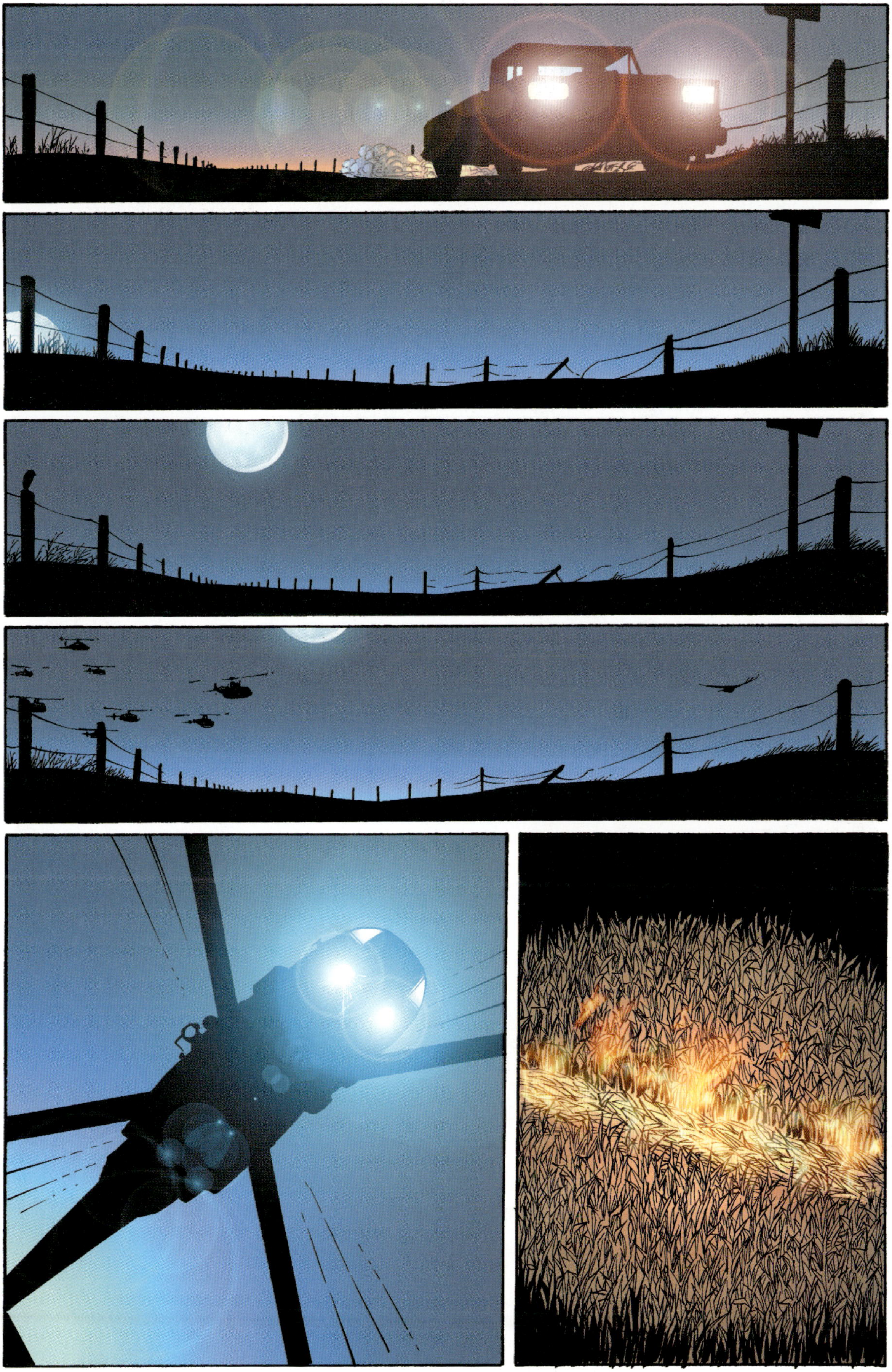

SO EIN SÜSSER BUB, HMM?
JA, HALLO, WO ISSER DENN, DER SÜSSE BUB, HMMM?
NOK NOK
WER ZUM TEUFEL KLOPFT UM DIESE ZEIT NOCH?
DA ISSER JA. JA, GENAU DU DA. DICH MEINE ICH DAMIT.
KANNST DU MEINER HAND FOLGEN? JA, FOLGE MAMIS HAND.
AUF UND AB, JA, GENAU SO, AUF UND AB.
JA, WAS IST DE--
DA FLIEGT DAS VÖGELCHEN UND FÄLLT ZU BODEN...

TROTZ SEINES AUSSEHENS SIND SEINE GENE NICHT MENSCHLICHER NATUR. METALLURGISCHE ANALYSEN DES SCHIFFS BESTÄTIGEN, DASS ES NICHT VON DER ERDE STAMMT.
DIE DICHTE SEINER HAUT IST PHÄNOMENAL. SIE WIDERSTEHT FAST ALLEM, WAS WIR HABEN.
UND HALTET EUCH SEINEN HÄNDEN FERN... SIE SIND UNGLAUBLICH STARK.
WEISS SONST NOCH JEMAND VON IHM?
DAS PAAR, DAS DAS SCHIFF FAND.
WERDEN SIE EIN PROBLEM SEIN?
NEIN. WIR ERKLÄRTEN DIE KONSEQUENZEN, DIE ES FÜR SIE HÄTTE.
DER BALL LIEGT IN UNSEREM HOF, PRÄSIDENT CARTER. WIR WISSEN NICHT, WO DIESES KIND HERKAM ODER OB IHM NOCH ANDERE FOLGEN WERDEN.
ABER FALLS ER DER EINZIGE IST, SOLLTEN WIR DAFÜR SORGEN, DASS ER IMMER AUF UNSERER SEITE STEHT.
STIMME ZU, MR. PRESIDENT. UND SIE?
NACH DEM GESETZ DIESES LANDES WERDEN WAISENKINDER, DIE KEINE ANGEHÖRIGEN HABEN, ALS MÜNDEL DES STAATES BETRACHTET.
ICH SEHE KEINEN GRUND, DA EINE AUSNAHME ZU MACHEN.
ER IST EIN KIND DER VEREINIGTEN STAATEN.
SEHT ZU, DASS MAN IHN SO ERZIEHT.

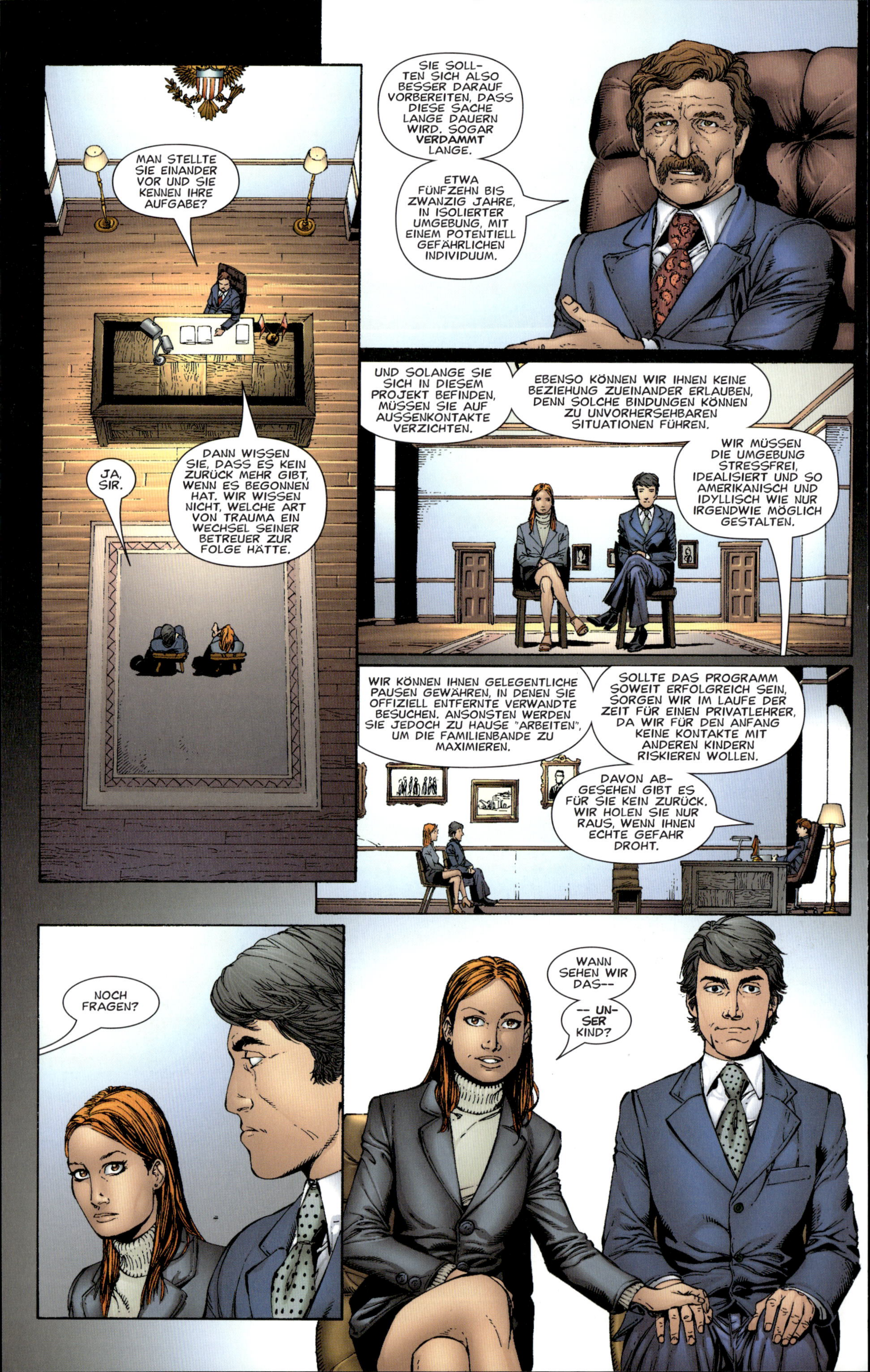
MAN STELLTE SIE EINANDER VOR UND SIE KENNEN IHRE AUFGABE?
JA, SIR.
DANN WISSEN SIE, DASS ES KEIN ZURÜCK MEHR GIBT, WENN ES BEGONNEN HAT. WIR WISSEN NICHT, WELCHE ART VON TRAUMA EIN WECHSEL SEINER BETREUER ZUR FOLGE HÄTTE.
SIE SOLLTEN SICH ALSO BESSER DARAUF VORBEREITEN, DASS DIESE SACHE LANGE DAUERN WIRD. SOGAR VERDAMMT LANGE.
ETWA FÜNFZEHN BIS ZWANZIG JAHRE, IN ISOLIERTER UMGEBUNG, MIT EINEM POTENTIELL GEFÄHRLICHEN INDIVIDUUM.
UND SOLANGE SIE SICH IN DIESEM PROJEKT BEFINDEN, MÜSSEN SIE AUF AUSSENKONTAKTE VERZICHTEN.
EBENSO KÖNNEN WIR IHNEN KEINE BEZIEHUNG ZUEINANDER ERLAUBEN, DENN SOLCHE BINDUNGEN KÖNNEN ZU UNVORHERSEHBAREN SITUATIONEN FÜHREN.
WIR MÜSSEN DIE UMGEBUNG STRESSFREI, IDEALISIERT UND SO AMERIKANISCH UND IDYLLISCH WIE NUR IRGENDWIE MÖGLICH GESTALTEN.
WIR KÖNNEN IHNEN GELEGENTLICHE PAUSEN GEWÄHREN, IN DENEN SIE OFFIZIELL ENTFERNTE VERWANDTE BESUCHEN. ANSONSTEN WERDEN SIE JEDOCH ZU HAUSE "ARBEITEN", UM DIE FAMILIENBANDE ZU MAXIMIEREN.
SOLLTE DAS PROGRAMM SOWEIT ERFOLGREICH SEIN, SORGEN WIR IM LAUFE DER ZEIT FÜR EINEN PRIVATLEHRER, DA WIR FÜR DEN ANFANG KEINE KONTAKTE MIT ANDEREN KINDERN RISKIEREN WOLLEN.
DAVON ABGESEHEN GIBT ES FÜR SIE KEIN ZURÜCK. WIR HOLEN SIE NUR RAUS, WENN IHNEN ECHTE GEFAHR DROHT.
NOCH FRAGEN?
WANN SEHEN WIR DAS--
-- UNSER KIND?

HAT ER EINEN NAMEN?
DER CODENAME FÜR DAS PROJEKT UND DAS KIND IST HYPERION. DAS WAR DER NAME VON EINEM DER GRIECHISCHEN TITANEN. R&D HIELT IHN FÜR PASSEND.
SEIN NORMALER NAME LAUTET MARK. MARK MILTON.
NORMALERWEISE MAG ICH KEINE ALLITERATIONEN, ABER ER KAM BEI ALL DEN JEWEILIGEN TESTZIELGRUPPEN GUT AN. MARK FÜR DEN APOSTEL, MILTON JEDOCH NICHT FÜR DEN POETEN, SONDERN WEIL ES NACH US-KLEINSTADT KLINGT. MILTON. MIDDLE-TOWN. MILL TOWN.
EGAL. EIN NAME EBEN.
HALLO, MARK. HIER SIND MAMI UND PAPI.
GANZ RECHT, BABY. MAMI UND DEIN PAPI.
"WIR HOLEN DICH NUN NACH HAUSE."
GEL NDE DER US-ARMEE
KEIN ZUTRITT
ES WIRD SCHARF GESCHOSSEN
MP
HAPPY BIRTHDAY TO YOU... HAPPY BIRTHDAY TO YOU...
HAPPY BIRTHDAY, LIEBER MAAAAARK, HAPPY BIRTHDAY TO YOUUUUUUU!
GA-GA! YUK!

GESTERN SAH ICH MIR DIESEN FILM AN, WIE HIESS ER NOCH GLEICH... DIE FRAUEN VON STEPFORD.
UND? WIE WAR ER?
GUT. ABER ER HÄTTE EINE DOKU ÜBER DIE BEIDEN DA SEIN KÖNNEN.
IST ER NICHT SÜSS? EIN GANZES JAHR LANG SCHON!
ABER BEVOR ES KUCHEN GIBT, HABE ICH NOCH WAS!
JA, EINE GROSSE ÜBERRASCHUNG FÜR DICH, MARK.
ÜBARAS-SUNG?
ALLES GUTE, MARK!
EIN HUNDI! NA, WAS SAGST DU, MARK? EIN HUNDI, NUR FÜR DICH.
WEISST DU, WIEVIELE HUNDEARTEN SIE ANSAHEN, BEVOR SIE SICH ENTSCHIEDEN, DASS DER HIER PSYCHO-LOGISCH GESEHEN AM BESTEN ZU IHM PASST?
DREISSIG?
SIEBEN-UNDVIER-ZIG. ECHT IRRE, MANN.
US ARM
SAG FLECKI ZU IHM.
"... ÄCHZ. FLECKI? WAS ORIGINELLE-RES ALS FLECKI FIEL DER BANDE WOHL NICHT EIN?"
"SO IST DIE REGIERUNG HALT. DIE WOLLTEN GAR NIX ORIGINELLES. NUR EINEN NAMEN, AN DEM ES NICHTS AUSZU-SETZEN GAB. DER IHM NICHT WIDER-STREBT."
UND NUN WARTE HIER. WIR SIND GLEICH MIT DEM REST DEINER GESCHENKE ZURÜCK.
GA...

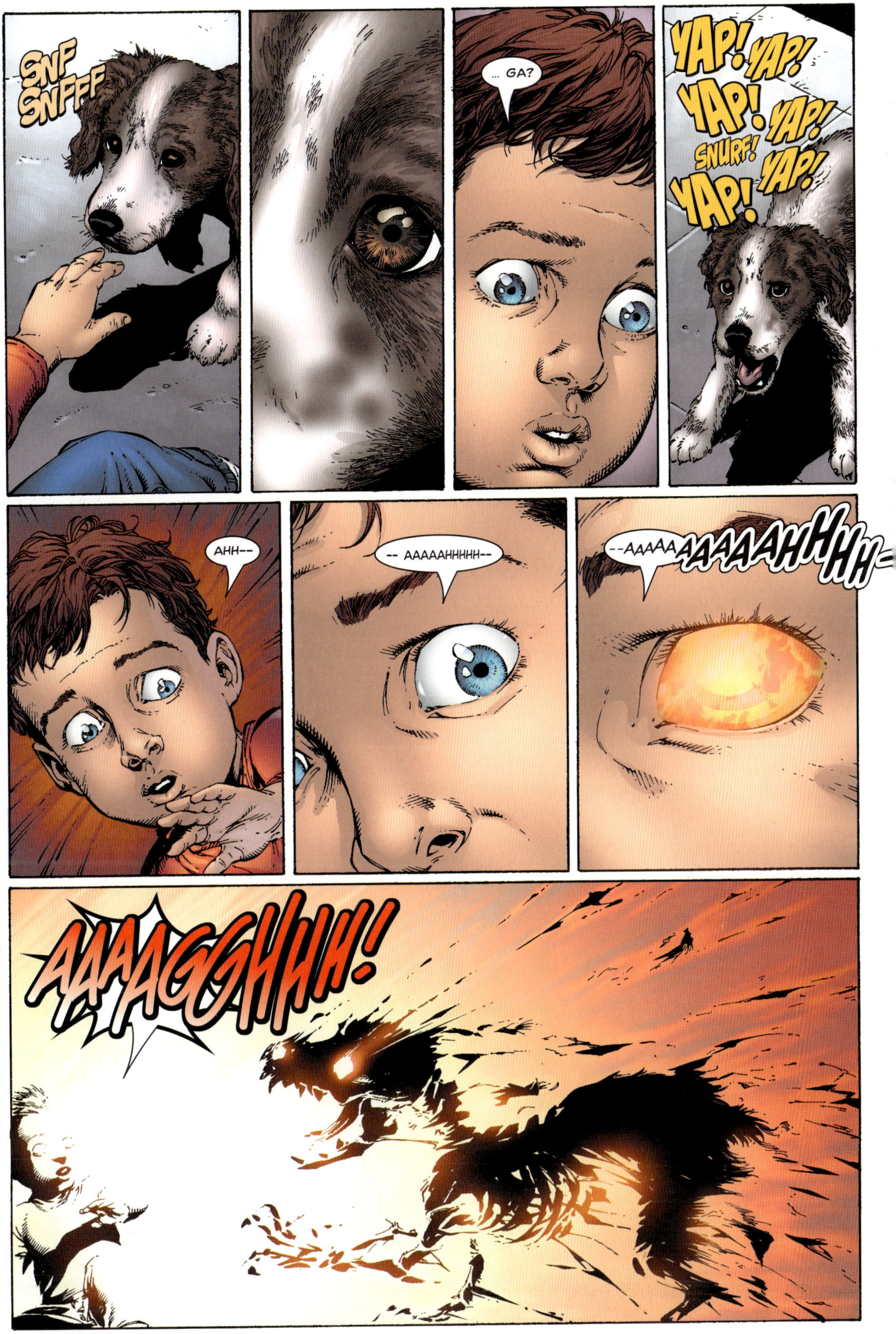

SNF SNFFF
... GA?
YAP! YAP!
YAP! YAP!
SNURF!
YAP! YAP!
AHH--
-- AAAAAHHHHH--
--AAAAAAAAAAHHHH--
AAAAGGHHH!

... HUUH... HUUH... HUUH...
... OH, NEIN...
MARK? WAS--
OH GOTT...
... HU... HU...
HUUUNDIIIII!
HM... NA JA... ICH SCHÄTZE, FLECKI PASSTE ALS NAME DOCH GANZ GUT.
WAS? WAS IST DENN?
ARSCH.

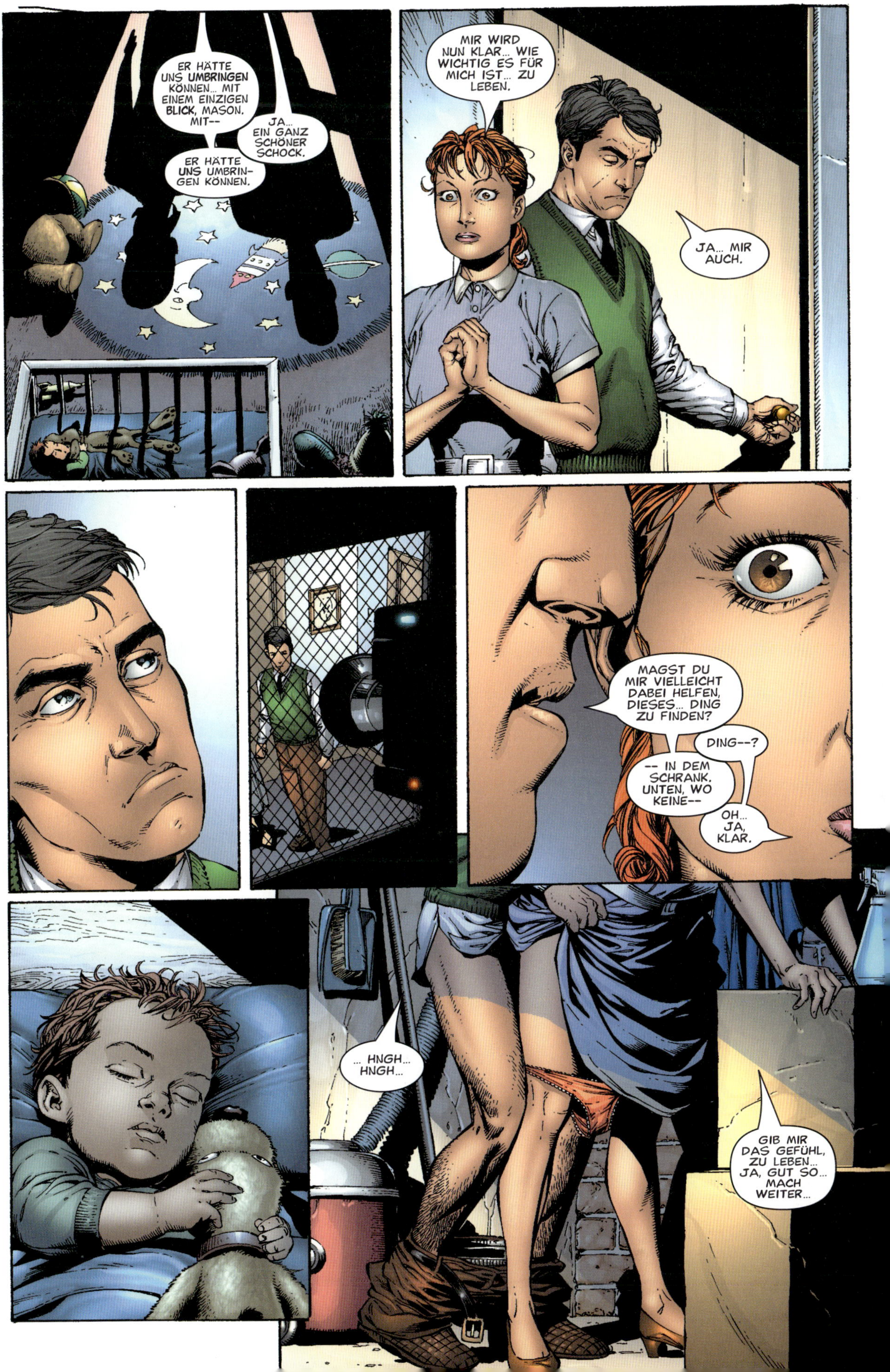
ER HÄTTE UNS UMBRINGEN KÖNNEN... MIT EINEM EINZIGEN BLICK, MASON. MIT--
JA... EIN GANZ SCHÖNER SCHOCK.
ER HÄTTE UNS UMBRINGEN KÖNNEN.
MIR WIRD NUN KLAR... WIE WICHTIG ES FÜR MICH IST... ZU LEBEN.
JA... MIR AUCH.
MAGST DU MIR VIELLEICHT DABEI HELFEN, DIESES... DING ZU FINDEN?
DING--?
-- IN DEM SCHRANK. UNTEN, WO KEINE--
OH... JA, KLAR.
... HNGH... HNGH...
GIB MIR DAS GEFÜHL, ZU LEBEN... JA, GUT SO... MACH WEITER...

NA, SCHMECKT'S, MARK?
MMMMM...
ELIZABETH--
ES IST NIE PASSIERT, KLAR?
ICH WEISS, ABER--
ES. IST. NIE. PASSIERT.
"IN VIETNAM UND KAMBODSCHA VERKÜNDETEN REVOLUZZER DEN FALL DER KAMBODSCHIANISCHEN HAUPTSTADT UND DEN STURZ DES POL POT-REGIMES.
"INZWISCHEN VERLIESS DER ENTTHRONTE SCHAH HEUTE DEN IRAN, WO MAN DAVON AUSGEHT, DASS DER AJATOLLAH KHOMEINI DIE MACHT ÜBERNEHMEN WIRD."

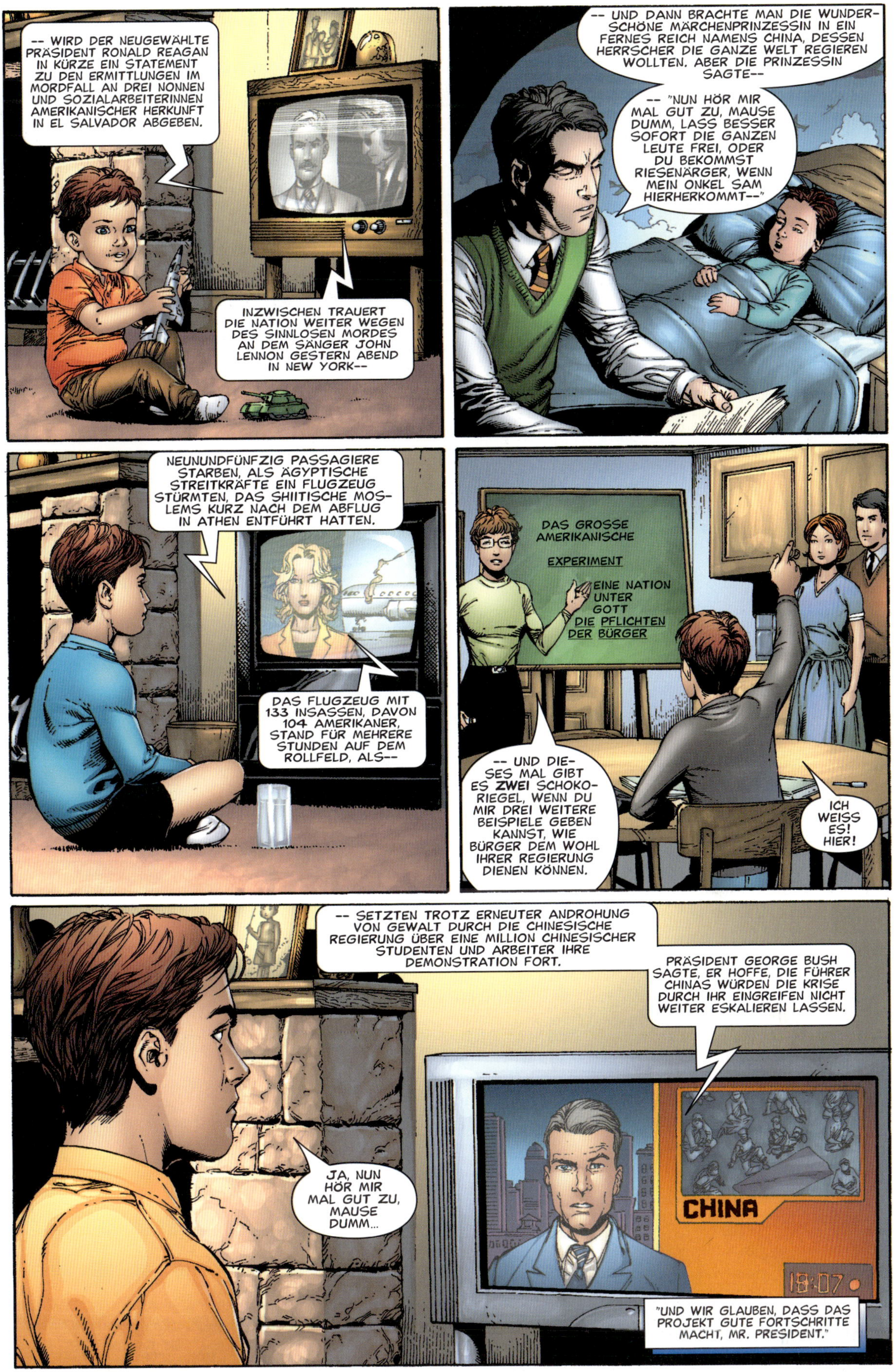
-- WIRD DER NEUGEWÄHLTE PRÄSIDENT RONALD REAGAN IN KÜRZE EIN STATEMENT ZU DEN ERMITTLUNGEN IM MORDFALL AN DREI NONNEN UND SOZIALARBEITERINNEN AMERIKANISCHER HERKUNFT IN EL SALVADOR ABGEBEN.
INZWISCHEN TRAUERT DIE NATION WEITER WEGEN DES SINNLOSEN MORDES AN DEM SÄNGER JOHN LENNON GESTERN ABEND IN NEW YORK--
-- UND DANN BRACHTE MAN DIE WUNDERSCHÖNE MÄRCHENPRINZESSIN IN EIN FERNES REICH NAMENS CHINA, DESSEN HERRSCHER DIE GANZE WELT REGIEREN WOLLTEN. ABER DIE PRINZESSIN SAGTE--
-- "NUN HÖR MIR MAL GUT ZU, MAUSE DUMM, LASS BESSER SOFORT DIE GANZEN LEUTE FREI, ODER DU BEKOMMST RIESENÄRGER, WENN MEIN ONKEL SAM HIERHERKOMMT--"
NEUNUNDFÜNFZIG PASSAGIERE STARBEN, ALS ÄGYPTISCHE STREITKRÄFTE EIN FLUGZEUG STÜRMTEN, DAS SHIITISCHE MOSLEMS KURZ NACH DEM ABFLUG IN ATHEN ENTFÜHRT HATTEN.
DAS FLUGZEUG MIT 133 INSASSEN, DAVON 104 AMERIKANER, STAND FÜR MEHRERE STUNDEN AUF DEM ROLLFELD, ALS--
DAS GROSSE AMERIKANISCHE EXPERIMENT
EINE NATION UNTER GOTT
DIE PFLICHTEN DER BÜRGER
-- UND DIESES MAL GIBT ES **ZWEI** SCHOKORIEGEL, WENN DU MIR DREI WEITERE BEISPIELE GEBEN KANNST, WIE BÜRGER DEM WOHL IHRER REGIERUNG DIENEN KÖNNEN.
ICH WEISS ES! HIER!
-- SETZTEN TROTZ ERNEUTER ANDROHUNG VON GEWALT DURCH DIE CHINESISCHE REGIERUNG ÜBER EINE MILLION CHINESISCHER STUDENTEN UND ARBEITER IHRE DEMONSTRATION FORT.
PRÄSIDENT GEORGE BUSH SAGTE, ER HOFFE, DIE FÜHRER CHINAS WÜRDEN DIE KRISE DURCH IHR EINGREIFEN NICHT WEITER ESKALIEREN LASSEN.
JA, NUN HÖR MIR MAL GUT ZU, MAUSE DUMM...
CHINA
18:07
"UND WIR GLAUBEN, DASS DAS PROJEKT GUTE FORTSCHRITTE MACHT, MR. PRESIDENT."

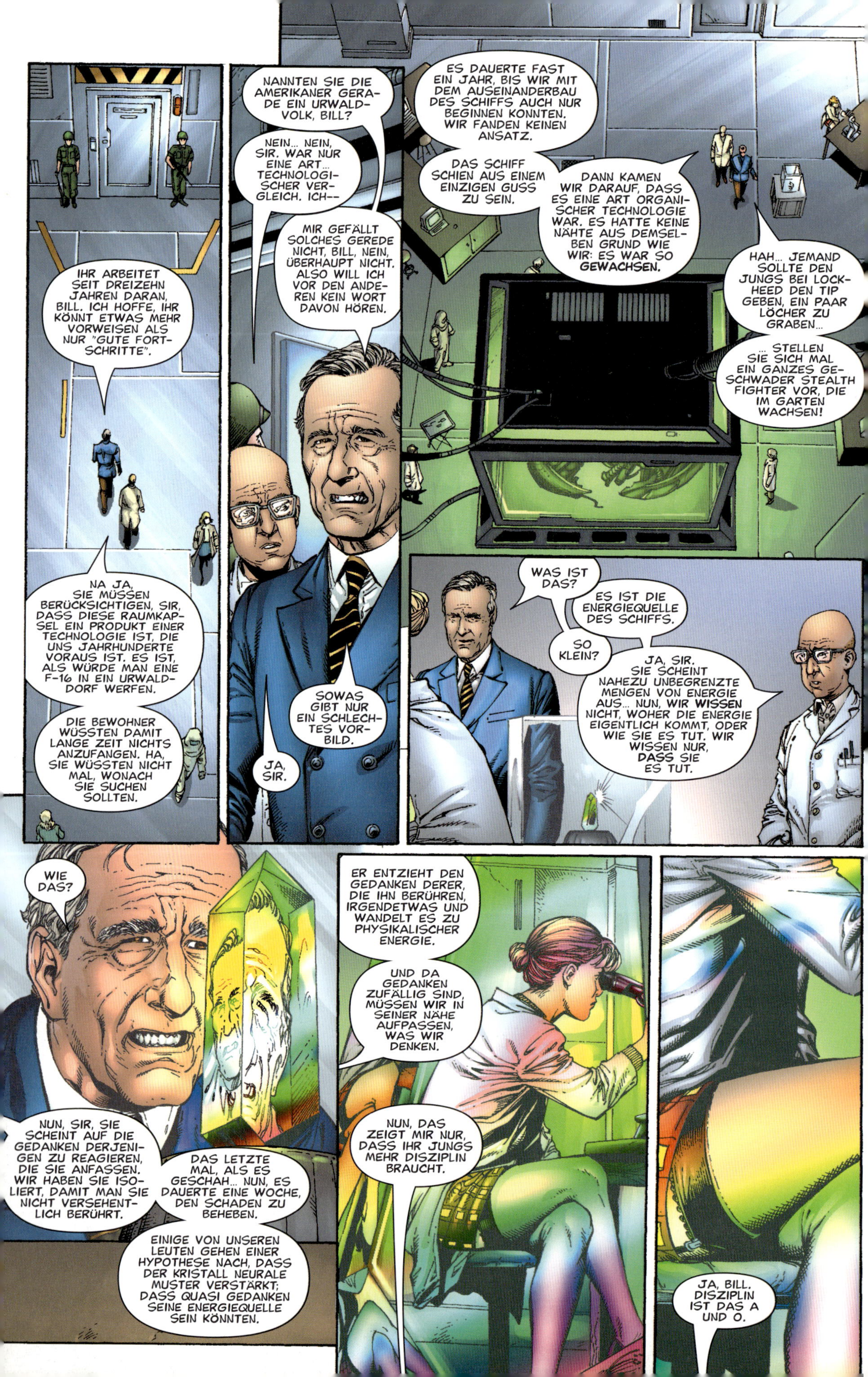
IHR ARBEITET SEIT DREIZEHN JAHREN DARAN, BILL. ICH HOFFE, IHR KÖNNT ETWAS MEHR VORWEISEN ALS NUR "GUTE FORTSCHRITTE".
NA JA, SIE MÜSSEN BERÜCKSICHTIGEN, SIR, DASS DIESE RAUMKAPSEL EIN PRODUKT EINER TECHNOLOGIE IST, DIE UNS JAHRHUNDERTE VORAUS IST. ES IST, ALS WÜRDE MAN EINE F-16 IN EIN URWALDDORF WERFEN.
DIE BEWOHNER WÜSSTEN DAMIT LANGE ZEIT NICHTS ANZUFANGEN. HA, SIE WÜSSTEN NICHT MAL, WONACH SIE SUCHEN SOLLTEN.
NANNTEN SIE DIE AMERIKANER GERADE EIN URWALDVOLK, BILL?
NEIN... NEIN, SIR. WAR NUR EINE ART... TECHNOLOGISCHER VERGLEICH. ICH--
MIR GEFÄLLT SOLCHES GEREDE NICHT, BILL, NEIN, ÜBERHAUPT NICHT. ALSO WILL ICH VOR DEN ANDEREN KEIN WORT DAVON HÖREN.
SOWAS GIBT NUR EIN SCHLECHTES VORBILD.
JA, SIR.
ES DAUERTE FAST EIN JAHR, BIS WIR MIT DEM AUSEINANDERBAU DES SCHIFFS AUCH NUR BEGINNEN KONNTEN. WIR FANDEN KEINEN ANSATZ.
DAS SCHIFF SCHIEN AUS EINEM EINZIGEN GUSS ZU SEIN.
DANN KAMEN WIR DARAUF, DASS ES EINE ART ORGANISCHER TECHNOLOGIE WAR. ES HATTE KEINE NÄHTE AUS DEMSELBEN GRUND WIE WIR: ES WAR SO GEWACHSEN.
HAH... JEMAND SOLLTE DEN JUNGS BEI LOCKHEED DEN TIP GEBEN, EIN PAAR LÖCHER ZU GRABEN...
... STELLEN SIE SICH MAL EIN GANZES GESCHWADER STEALTH FIGHTER VOR, DIE IM GARTEN WACHSEN!
WAS IST DAS?
ES IST DIE ENERGIEQUELLE DES SCHIFFS.
SO KLEIN?
JA, SIR. SIE SCHEINT NAHEZU UNBEGRENZTE MENGEN VON ENERGIE AUS... NUN, WIR WISSEN NICHT, WOHER DIE ENERGIE EIGENTLICH KOMMT, ODER WIE SIE ES TUT. WIR WISSEN NUR, DASS SIE ES TUT.
WIE DAS?
NUN, SIR, SIE SCHEINT AUF DIE GEDANKEN DERJENIGEN ZU REAGIEREN, DIE SIE ANFASSEN. WIR HABEN SIE ISOLIERT, DAMIT MAN SIE NICHT VERSEHENTLICH BERÜHRT.
DAS LETZTE MAL, ALS ES GESCHAH... NUN, ES DAUERTE EINE WOCHE, DEN SCHADEN ZU BEHEBEN.
EINIGE VON UNSEREN LEUTEN GEHEN EINER HYPOTHESE NACH, DASS DER KRISTALL NEURALE MUSTER VERSTÄRKT; DASS QUASI GEDANKEN SEINE ENERGIEQUELLE SEIN KÖNNTEN.
ER ENTZIEHT DEN GEDANKEN DERER, DIE IHN BERÜHREN, IRGENDETWAS UND WANDELT ES ZU PHYSIKALISCHER ENERGIE.
UND DA GEDANKEN ZUFÄLLIG SIND, MÜSSEN WIR IN SEINER NÄHE AUFPASSEN, WAS WIR DENKEN.
NUN, DAS ZEIGT MIR NUR, DASS IHR JUNGS MEHR DISZIPLIN BRAUCHT.
JA, BILL. DISZIPLIN IST DAS A UND O.

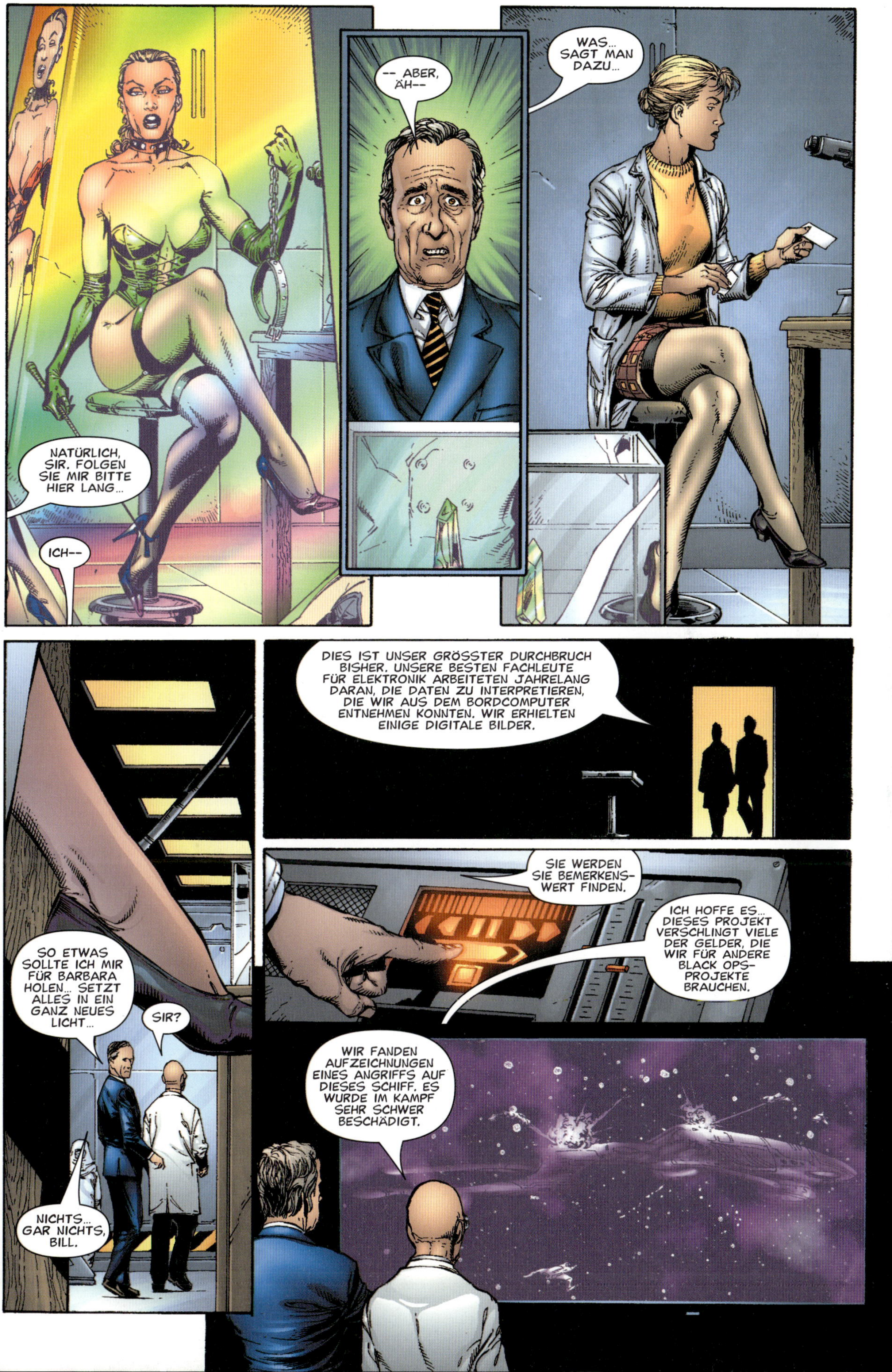
-- ABER, ÄH--
WAS... SAGT MAN DAZU...
NATÜRLICH, SIR. FOLGEN SIE MIR BITTE HIER LANG...
ICH--
DIES IST UNSER GRÖSSTER DURCHBRUCH BISHER. UNSERE BESTEN FACHLEUTE FÜR ELEKTRONIK ARBEITETEN JAHRELANG DARAN, DIE DATEN ZU INTERPRETIEREN, DIE WIR AUS DEM BORDCOMPUTER ENTNEHMEN KONNTEN. WIR ERHIELTEN EINIGE DIGITALE BILDER.
SIE WERDEN SIE BEMERKENSWERT FINDEN.
ICH HOFFE ES... DIESES PROJEKT VERSCHLINGT VIELE DER GELDER, DIE WIR FÜR ANDERE BLACK OPS-PROJEKTE BRAUCHEN.
SO ETWAS SOLLTE ICH MIR FÜR BARBARA HOLEN... SETZT ALLES IN EIN GANZ NEUES LICHT...
SIR?
NICHTS... GAR NICHTS, BILL.
WIR FANDEN AUFZEICHNUNGEN EINES ANGRIFFS AUF DIESES SCHIFF. ES WURDE IM KAMPF SEHR SCHWER BESCHÄDIGT.

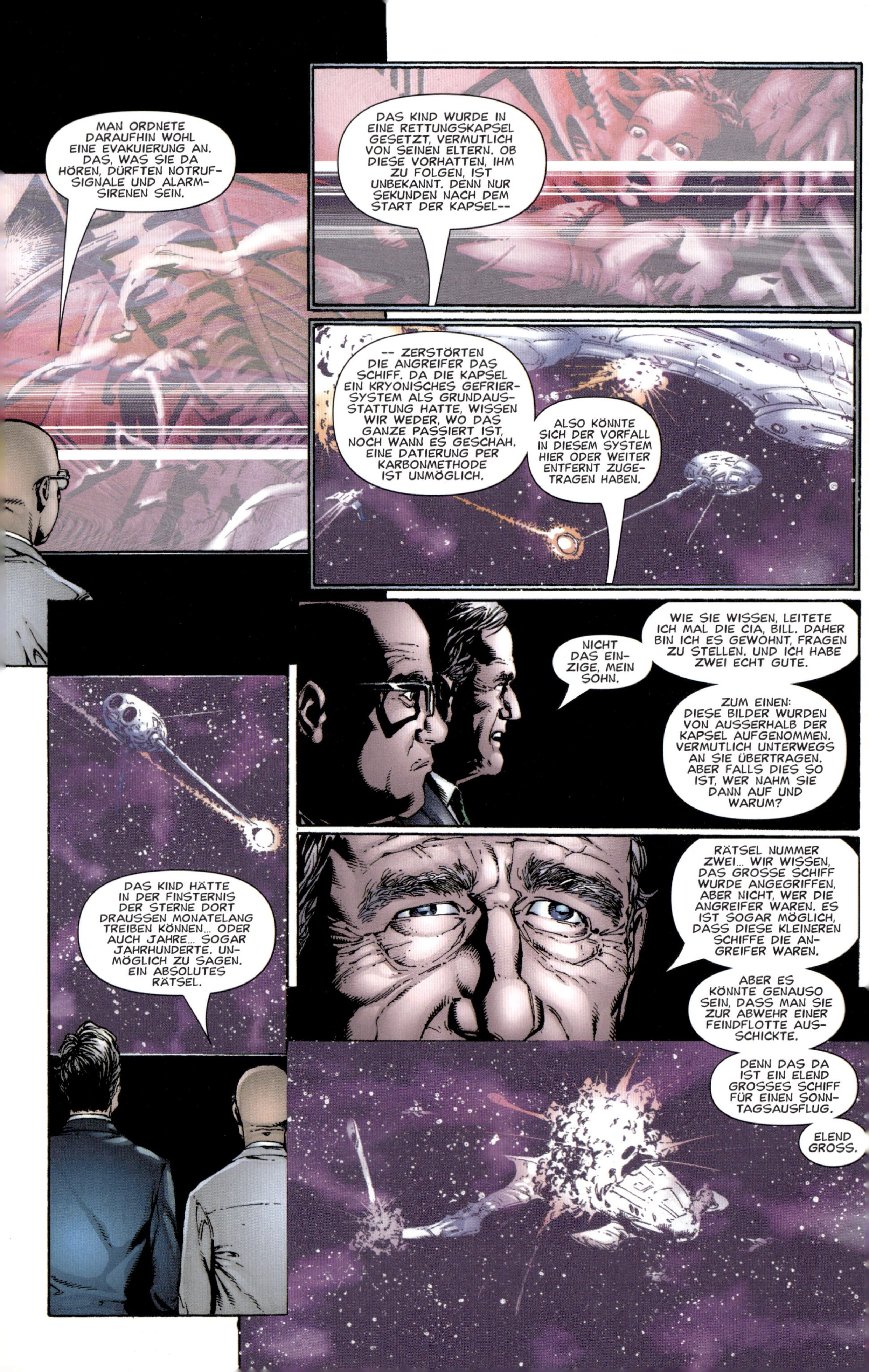
MAN ORDNETE DARAUFHIN WOHL EINE EVAKUIERUNG AN. DAS, WAS SIE DA HÖREN, DÜRFTEN NOTRUF-SIGNALE UND ALARM-SIRENEN SEIN.
DAS KIND WURDE IN EINE RETTUNGSKAPSEL GESETZT, VERMUTLICH VON SEINEN ELTERN. OB DIESE VORHATTEN, IHM ZU FOLGEN, IST UNBEKANNT. DENN NUR SEKUNDEN NACH DEM START DER KAPSEL--
-- ZERSTÖRTEN DIE ANGREIFER DAS SCHIFF. DA DIE KAPSEL EIN KRYONISCHES GEFRIER-SYSTEM ALS GRUNDAUS-STATTUNG HATTE, WISSEN WIR WEDER, WO DAS GANZE PASSIERT IST, NOCH WANN ES GESCHAH. EINE DATIERUNG PER KARBONMETHODE IST UNMÖGLICH.
ALSO KÖNNTE SICH DER VORFALL IN DIESEM SYSTEM HIER ODER WEITER ENTFERNT ZUGE-TRAGEN HABEN.
DAS KIND HÄTTE IN DER FINSTERNIS DER STERNE DORT DRAUSSEN MONATELANG TREIBEN KÖNNEN... ODER AUCH JAHRE... SOGAR JAHRHUNDERTE. UN-MÖGLICH ZU SAGEN. EIN ABSOLUTES RÄTSEL.
NICHT DAS EIN-ZIGE, MEIN SOHN.
WIE SIE WISSEN, LEITETE ICH MAL DIE CIA, BILL. DAHER BIN ICH ES GEWOHNT, FRAGEN ZU STELLEN. UND ICH HABE ZWEI ECHT GUTE.
ZUM EINEN: DIESE BILDER WURDEN VON AUSSERHALB DER KAPSEL AUFGENOMMEN. VERMUTLICH UNTERWEGS AN SIE ÜBERTRAGEN. ABER FALLS DIES SO IST, WER NAHM SIE DANN AUF UND WARUM?
RÄTSEL NUMMER ZWEI... WIR WISSEN, DAS GROSSE SCHIFF WURDE ANGEGRIFFEN, ABER NICHT, WER DIE ANGREIFER WAREN. ES IST SOGAR MÖGLICH, DASS DIESE KLEINEREN SCHIFFE DIE AN-GREIFER WAREN.
ABER ES KÖNNTE GENAUSO SEIN, DASS MAN SIE ZUR ABWEHR EINER FEINDFLOTTE AUS-SCHICKTE.
DENN DAS DA IST EIN ELEND GROSSES SCHIFF FÜR EINEN SONN-TAGSAUSFLUG.
ELEND GROSS.

"UND FALLS DAS SCHIFF FEINDLICH WAR... WAS IST DANN UNSER ZIEHSOHN? EINE WAISE... ODER EINE VORHUT?"
WAS MACHST DU HIER DRAUSSEN, SOHN? IST BALD ESSENSZEIT.
DENKE NUR NACH.
WUSSTEST DU, DASS ICH JEDE ADER IN DIESEM GRASHALM SEHEN KANN? UND SOGAR DAS CHLOROPHYLL IM INNEREN DER ADERN? UND DIE MOLEKÜLE, AUS DENEN DIESES BESTEHT?
DAS IST KLASSE, SOHN, ABER WAS HAT DAS DENN MIT--
UND WENN ICH HINÜBERSCHAUE, KANN ICH DIE WACHEN SEHEN, UND DEN ZAUN, DEN STACHELDRAHT...
... UND DARÜBER HINAUS DIE ANDEREN HÄUSER, UND DIE LEUTE DARIN. ICH SEHE, WIE SIE ESSEN, UND SPIELEN, UND--
SOHN, DIESES THEMA HATTEN WIR DOCH SCHON. WEIL DU... ANDERS... BIST ALS DIE ANDEREN KINDER, MÜSSEN WIR WARTEN, BIS DU EIN BISSCHEN ÄLTER BIST.
DAMIT DU NIEMANDEN VERSEHENTLICH VERLETZT.
UND DARUM HABEN WIR DIESEN STACHELDRAHT. UND DEN ZAUN. UND DIE WACHEN.
JA.
DAMIT ICH NICHT HINAUSKOMME.
JA.
DU UND MOM, LIEBT IHR MICH?
WAS IST DAS DENN FÜR EINE FRAGE, MARK? NATÜRLICH LIEBEN WIR DICH.
UND DU UND MOM? LIEBT IHR EUCH?
NUN... JA, NATÜRLICH LIEBEN WIR UNS, ICH MEINE... WAS SPRICHT DAGEGEN? ICH--
WARUM FRAGST DU?
NUR, WENN IHR MICH LIEBT UND EUCH AUCH, HÄTTE ICH GRUND ZU BLEIBEN. DANN KÖNNTE ICH AUCH VON DER SACHE MIT DEN WACHEN ABSEHEN.
WAS SOLL DAS--
-- HEISSEN...

... MEIN GOTT...
MIR FIEL KEIN ANDERER WEG EIN, ES DIR ZU SAGEN. MAN KÖNNTE MICH HIER NICHT HALTEN.
ICH BLEIBE WEGEN DIR. UND AUCH WEGEN MOM. WEIL IHR ES MÖCHTET.
WEIL DU SAGST, IHR LIEBT MICH.
UND ICH LIEBE EUCH... GENAU WIE IHR MICH LIEBT.
"DAS PROJEKT LÄUFT WIE AM SCHNÜRCHEN, SIR."

AH JA?
ÄH, JA, ICH DENKE SCHON, SIR--
ER SAGTE, ER LIEBT SEINE ELTERN SO SEHR, WIE SIE IHN LIEBEN. ER SAGTE AUCH, ER KANN ALLES SEHEN.
SEHEN SIE DARIN KEIN PROBLEM, BILL?
THEORETISCH. ABER ICH GLAUBE NICHT, DASS WIR UNS DESWEGEN SORGEN MACHEN SOLLTEN, SIR. BISHER LIEF ALLES GUT.
BISHER, JA...
ABER ES GIBT EINEN BEGRIFF, MIT DEM ANWÄLTE UM SICH WERFEN. "DIE DOKTRIN UNBEABSICHTIGTER KONSEQUENZEN". VOR DREIZEHN JAHREN KAM ETWAS FREMDES AUF UNSERE WELT, BILL...
"... UND MEIN BAUCH SAGT MIR, WIR HABEN DAS VOLLE AUSMASS DER KONSEQUENZEN DIESES EREIGNISSES BIS HEUTE NOCH NICHT ERLEBT."
-- DOTTY, ICH BIN IHNEN WIRKLICH DANKBAR, DASS SIE SO KURZFRISTIG KAMEN.
ICH MEINE, ES IST SO SCHWER, EINE BABYSITTERIN ZU FINDEN. NOCH DAZU EINE SO GUTE WIE SIE--
ALSO BITTE, MRS. STEWART--
DOCH, DOCH.
SO ODER SO, ES WIRD WEISSGOTT NICHT MEHR LANGE ZUR DEBATTE STEHEN. IHR JUNGE WÄCHST SCHNELLER ALS SO MANCHE PFLANZE, DIE ICH KENNE.
JA, TUT ER. UND DAS ERLEICHTERT MICH SEHR. WIR HATTEN UNS SOLCHE SORGEN UM STANLEY GEMACHT, ALS ER NACH SEINER GEBURT SO KRANK WURDE UND KEIN ARZT WUSSTE, WARUM.
ALS HÄTTE IHN EIN VIRUS AUS DEM NIRGENDWO EINFACH PLÖTZLICH ÜBERFALLEN.
ER WÄRE FAST GESTORBEN. WIR HATTEN SOLCHE ANGST, ER WÜRDE FÜR SEIN LEBEN LANG GESCHWÄCHT, ABER ES GEHT IHM HEUTE SO GUT--
-- GUT, ER IST IMMER NOCH SEHR STILL, BESCHÄFTIGT SICH VIEL MIT SICH SELBST, ABER DAS IST NUR EINE PHASE.

GIB ALLES, WAS DU KANNST, OKAY? LAUF EIN-FACH, SO SCHNELL ES GEHT, JA? UND IMMER SCHÖN UNTEN HALTEN, OKAY?
WRUFF!
AUF DIE PLÄTZE...
... FERTIG...
... LOS!
"DA IST ES WIEDER, DOTTY, HÖREN SIE DAS? DRAUSSEN IST KLARER HIMMEL, ABER ES DONNERT DEN GANZEN TAG.
BOOOOM!
"DENKEN SIE AN MEINE WORTE, DA ZIEHT GERADE EIN STURM AUF."
ES FOLGT: FÜNF PHASEN DER KONTAMINATION

EINS...
"... UND ERST, ALS DIE VEREINIGTEN STAATEN IN DEN ZWEITEN WELTKRIEG EINTRATEN, BEGANN SICH DAS BLATT IN EUROPA ZU WENDEN."
EUROPE
FALLEN UNS NUN VIER TAKTISCHE ARTEN EIN, WIE DIE INVASION DER NORMANDIE DIE NIEDERLAGE DEUTSCHLANDS HERBEIFÜHRTE?
MARK? MARK, ICH HABE DIR ALS LEHRERIN EINE FRAGE GESTELLT.
...AH...
AHHH...
RIECHST DU DAS-- ALS WÜRDE ES BRENNEN...

AAAAAHHHHH!
WAS ZUM--?
MARK?
MARK? IST ALLES IN ORDNUNG?
NEIN...
NEIN, DAS IST ES NICHT.
NA GUT, DANN... MOM KANN UNS EIN PAAR SANDWICHES MACHEN. LASS UNS AUF DEN HÜGEL GEHEN, UND, ÄH, DARÜBER REDEN.
MÖCHTEST DU DAS, MARK?

"ICH GLAUBE, DAS IST EINE GUTE IDEE, DAD."
DU HAST DEINE LEHRERIN ZIEMLICH ERSCHRECKT, MARK. WAS HAT SIE GETAN, DAS DAS RECHTFERTIGT?
NIX.
ALSO GUT, DANN WAS--
ICH SEHE GERADE, WIE EIN HALBES DUTZEND KINDER IN MEINEM ALTER VOR DER SCHULE BASKETBALL SPIELT. EIN GROSSER JUNGE PROBIERTE EIN MISSGLÜCKTES DUNKING. DIE ANDEREN KINDER FINDEN DAS ZIEMLICH LUSTIG.
EINE MEILE WEITER WURDE EIN KLEINER BLONDER JUNGE VON EINEM KLEINEN ROTHAARIGEN MÄDCHEN GEKÜSST. ER FÄNGT AN--
WAS?
DAS WAR ABER IM BIOLOGIEUNTERRICHT NOCH NICHT DRAN.
MARK, WENN DU EINSAM BIST, DANN--
ICH HABE DIESES ANWESEN NOCH NIE VERLASSEN. ICH KANN FLIEGEN UND DINGE SEHEN--
ICH KANN DINGE **ZERSTÖREN**. ICH KANN DIE GANZE WELT **HÖREN**, ABER ICH WAR NOCH NIE DORT.
NUR ZU DEINEM SCHUTZ--
-- UND ZUM SCHUTZE ANDERER.
NICHTS VERLETZT MICH.
DAS HAT GESTIMMT, ALS ICH MIT MEINEN KRÄFTEN NOCH NICHT UMGEHEN KONNTE. JETZT KANN ICH ES. ICH HÄTTE MEINE LEHRERIN VERBRENNEN KÖNNEN. VERTRAU MIR.
ES SEI DENN, DU **GLAUBST** MIR DAS NICHT. DU **VERTRAUST** MIR DOCH, ODER?
DAD?
NATÜRLICH... **ICH VERTRAUE** DIR, MARK. DAS... DAS WEISST DU DOCH.
ICH FINDE, DANN SOLLTE ICH ZEIT MIT ANDEREN KINDERN AUSSERHALB DER ANLAGE VERBRINGEN. EINE ECHTE SCHULE BESUCHEN.
ICH KANN SO VIELES TUN, UND SO VIELES KANN DABEI **PASSIEREN**-- ES WÄRE WOHL KEINE SO ÜBLE IDEE, WENN ICH DEN UMGANG MIT ANDEREN LERNEN WÜRDE.
MEINST DU NICHT AUCH?
"WIR WUSSTEN, DASS DIESER TAG IRGENDWANN KOMMEN WÜRDE."

WIR KÖNNEN IHN NICHT AUF EINE NORMALE SCHULE SCHICKEN. DIE POTENTIELLEN GEFAHREN--
GANZ RECHT, MAN KANN NICHT DARAUF VERTRAUEN, DASS ER SEINE KRÄFTE BEHUTSAM EINSETZT.
ICH SORGE MICH NICHT NUR DARUM, BILL.
WENN ER ETWAS UNGEWÖHNLICHES TUT, WIRD ES AUFMERKSAMKEIT ERREGEN, MAN WIRD FRAGEN STELLEN--BIS DAS HYPERION-PROJEKT BEENDET IST, KÖNNEN WIR BEIDES NICHT BRAUCHEN.
ICH WEISS, GENERAL.
WARUM HABEN SIE UNS ALSO ALLE HIERHERGEBRACHT--?
WIR KÖNNEN DIE SICHERHEIT BEI SEINEM UMGANG MIT ANDEREN NUR GEWÄHRLEISTEN, WENN WIR DIESE UMGEBUNG EBENSO KONTROLLIEREN WIE SEIN ZUHAUSE.
DAS HEISST, VON UNS EINGESETZTE LEHRER, EINE SCHULE IN UNSERER HAND--
-- UND KINDER, DIE UNS GEHORCHEN.
ICH GLAUBE, JEDER VON IHNEN HAT NEFFEN, NICHTEN ODER ENKEL IN MARKS ALTER, ODER NICHT?
JA, ABER... SIE WOLLEN DOCH NICHT-- UNSERE EIGENEN FAMILIEN...?
WENN SIE EINE ANDERE LÖSUNG HABEN, GENERAL, WIR WÜRDEN ES BEGRÜSSEN. DENN BISHER IST DIES DIE EINZIGE, DIE DER PRÄSIDENT ABSEGNEN WILL.
"ALSO, MARK, KANN ES LOSGEHEN?"
JA, SICHER. DANKE FÜR DAS ESSEN--
DEIN LIEBLINGSESSEN-- HACKFLEISCHSANDWICH.
TOLL, ICH--
-- BIN NOCH NIE DURCH DIESES TOR GEGANGEN.
DAS IST DER SCHULBUS?

JA. NUR EINE... VORSICHTS-MASSNAHME.
ICH...
OKAY. ALSO BIS SPÄ-TER.
WIEDER-SEHEN, MARK. VIEL SPASS.
SIE WERDEN DRAUSSEN AUF DICH WARTEN, WENN DU FRÜHER HEIMKOMMEN MÖCHTEST.
WHIRRRRRR
CLANNG!
RUMBLERUMBLERUMBLE
THAP THAP THAP
RUMBLERUM
MBLERUMBLERUMBLERUMBLERUMBLERUMBLERUMBL
ICH MAG FRISCHE LUFT. IHR NICHT?
ÄHHH, KLAR... WIR AUCH. GANZ PRIMA.
"ER WOLLTE NUR FRISCHE LUFT SCHNAPPEN, DOC..."

ZWEI...
WAR ER GEWALTTÄTIG...?
NEIN, ALLES IN ALLEM WAR ER HEUTE SOGAR RUHIG. ABER WIE WIR WÄHREND DER LETZTEN VIERZEHN JAHRE SAHEN, IST ER VOR DEM STURM IMMER AM RUHIGSTEN. WOLLEN SIE ES VERSUCHEN?
TJA, DAFÜR BEKOMME ICH JA DIE GROSSEN SCHEINE.
ICH DACHTE, DANK DER KÜRZUNGEN WÄREN WIR ALLE UNTERBEZAHLT?
ICH BELÜGE MICH SELBST.
HALLO, PHIL. SCHÖN, DASS DU DRAUSSEN BIST. WIE GEHT ES DIR?
HAST DU HEUTE KOPFSCHMERZEN?
DIE SONNE VERSCHWAND HINTER DEN WOLKEN.
GANZ RICHTIG...
NICHT WIE DER MOND. WIE IN JENER NACHT...
"... ES WAR VOR VIERZEHN JAHREN, UND ICH DACHTE, ES WÜRDE UNS GLÜCK BRINGEN."
SCHAU... DEBBIE, SIEHST DU DAS?
NEIN, WAS IST--?
DORT... DORT DRÜBEN... SIE KOMMT DIREKT HIER RUNTER.
OH, ICH SEHE SIE...

"-- WENN EIN STERN WÜNSCHE ERFÜLLT."
EINE STERN-SCHNUPPE!
WÜNSCH DIR, WAS, SCHATZ! SO WIE ES IM LIED HEISST--
EINEN JUNGEN...
"... ICH WILL EINEN JUNGEN."
PHIL?
ES IST WOHL DER VERGASER-- ICH KANN IN DIE STADT LAUFEN--
ES IST ZU SPÄT FÜR EINEN DOKTOR...
ES KOMMT... DAS BABY KOMMT--
OHJEEE--
ES TUT WEH... GOTT, ES TUT SO WEH...
DU SCHAFFST DAS, DEBBIE, DU SCHAFFST DAS, FRAUEN BRINGEN SEIT, NA JA, SCHON IMMER KINDER ZUR WELT--
OH... OH, AU, OH GOTT...
DU MUSST NUR PRESSEN, WIE WIR'S IM KURS GELERNT HABEN... PRESSEN, ATMEN, WIEDER PRESSEN...

HNNH... HNNH... HNNN...
GUT SO... GUT SO, SCHATZ...
OH... AH... AUAA...
NUR NOCH EIN BISSCHEN... JA, GUT SO...
HNNH... PHIL, ICH... RNNH...
HUUURRRKKK!
DEBBIE? DEBBIE, WAS HAST DU?
ETWAS... DA STIMMT ETWAS NICHT...
ETWAS IST...
AAAIIGGH!
... OH GOTT...

ICH NEHME... ICH NEHME... ES...
WENN EIN STERN WÜNSCHE ERFÜLLT...
... GANZ GLEICH, WER DU AUCH BIST...
GOTT... OH GOTT... WAS SOLLEN WIR TUN...?
WENN EIN STERN WÜNSCHE ERFÜLLT...
DEBBIE? ICH...
DEBBIE!
... DANN WERDEN TRÄUME WAHR...
NEEEIN!
"ICH TÖTETE SIE NICHT..."

... ICH SCHWÖRE BEI GOTT, ICH TÖTETE WEDER SIE NOCH DIESES DING...
... DAS BABY--
DAS WAR KEIN BABY... KEIN MENSCHLICHES BABY...
ES SAH NICHT AUS WIE WIR! VERSTEHEN SIE NICHT? ES WAR NICHT MEHR MEIN BABY!
DRRRRRR?
DRRRR-RRRRRRRR?
"ES WAR NICHT... ES WAR NICHT..."

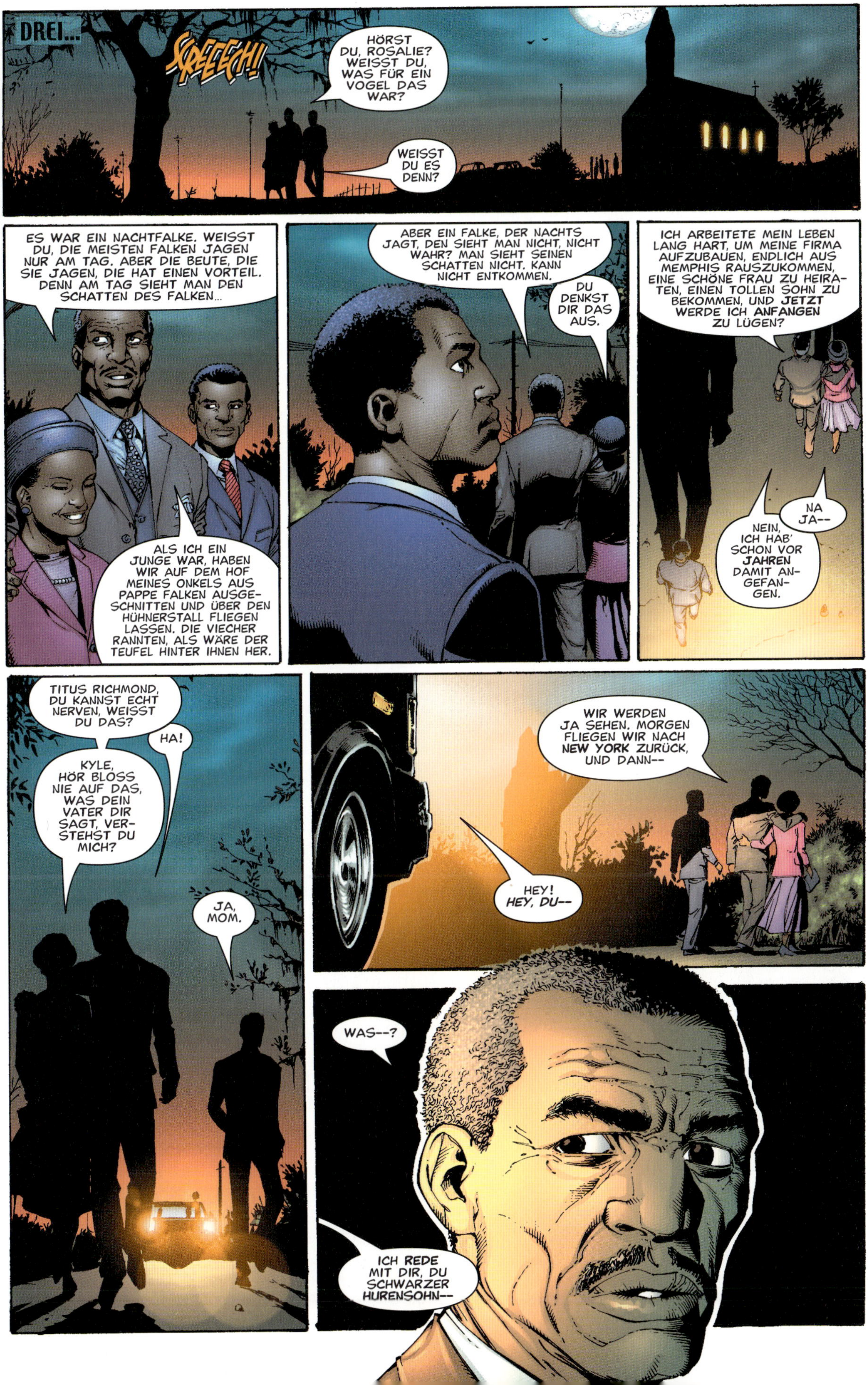
DREI...
SCREECH!
HÖRST DU, ROSALIE? WEISST DU, WAS FÜR EIN VOGEL DAS WAR?
WEISST DU ES DENN?
ES WAR EIN NACHTFALKE. WEISST DU, DIE MEISTEN FALKEN JAGEN NUR AM TAG. ABER DIE BEUTE, DIE SIE JAGEN, DIE HAT EINEN VORTEIL. DENN AM TAG SIEHT MAN DEN SCHATTEN DES FALKEN...
ALS ICH EIN JUNGE WAR, HABEN WIR AUF DEM HOF MEINES ONKELS AUS PAPPE FALKEN AUSGE-SCHNITTEN UND ÜBER DEN HÜHNERSTALL FLIEGEN LASSEN. DIE VIECHER RANNTEN, ALS WÄRE DER TEUFEL HINTER IHNEN HER.
ABER EIN FALKE, DER NACHTS JAGT, DEN SIEHT MAN NICHT, NICHT WAHR? MAN SIEHT SEINEN SCHATTEN NICHT. KANN NICHT ENTKOMMEN.
DU DENKST DIR DAS AUS.
ICH ARBEITETE MEIN LEBEN LANG HART, UM MEINE FIRMA AUFZUBAUEN, ENDLICH AUS MEMPHIS RAUSZUKOMMEN, EINE SCHÖNE FRAU ZU HEIRA-TEN, EINEN TOLLEN SOHN ZU BEKOMMEN, UND JETZT WERDE ICH ANFANGEN ZU LÜGEN?
NA JA--
NEIN, ICH HAB' SCHON VOR JAHREN DAMIT AN-GEFAN-GEN.
TITUS RICHMOND, DU KANNST ECHT NERVEN, WEISST DU DAS?
HA!
KYLE, HÖR BLOSS NIE AUF DAS, WAS DEIN VATER DIR SAGT, VER-STEHST DU MICH?
JA, MOM.
WIR WERDEN JA SEHEN. MORGEN FLIEGEN WIR NACH NEW YORK ZURÜCK, UND DANN--
HEY! HEY, DU--
WAS--?
ICH REDE MIT DIR, DU SCHWARZER HURENSOHN--

FÜR WEN ZUR HÖLLE HALTET IHR EUCH--?
DAD!
LÄCHLE.
ERWISCHT! WIR HAM' SIE UMGEMÄHT! HABT IHR DAS GESEH'N?
SCREEECH!
MAMIII?
MOM...? DAD...?

KEIN ZUTRITT
CLICK!
HALT!
WAS ZUR HÖLLE WOLLT IHR? IHR GEHÖRT NICHT ZUR OPERATION.
HEY, GANZ RUHIG... WIR WUSSTEN JA NICHT, OB SIE--
JA, SIR, DAS IST RICHTIG... MAN SCHICKTE UNS, UM SIE ZU FINDEN... ZU HOLEN.
"DENN IHR LAND BRAUCHT SIE JETZT."

SIR? CORPORAL LEDGER?
JA?
DARF ICH WAS FRAGEN?
SICHER. UND ICH HEISSE JOE.
WARUM NENNT MAN SIE DEN DOKTOR? LAUT DER AKTEN, DIE WIR BEKAMEN, SIND SIE KEIN MEDIZINER--
WOLLEN SIE ETWAS MIT GENAUESTER PRÄZISION ERLEDIGT HABEN? OHNE FEHLER? DANN GEHEN SIE ZUM CHIRURGEN. ZUM DOKTOR.
SIE HABEN HIER ALSO EINE... OPERATION DURCHGEFÜHRT?
JA... DAS KÖNNTE MAN SAGEN.
"DANKE FÜR IHR KOMMEN, JOE."
HATTEN SIE AUF DEM FLUG VON GUATEMALA DIE MÖGLICHKEIT, DIE UNTERLAGEN ZU LESEN?
ZWEIMAL. KLINGT SEHR INTERESSANT. EIN SCHIFF VON DA DRAUSSEN, ENERGIEQUELLEN, DIE WIR NICHT VERSTEHEN, DAS PROJEKT MIT DIESEM HYPERION-JUNGEN...
NUR EINES BEGREIFE ICH NICHT... WARUM ICH?
ERSTENS, WEIL SIE IN ALL DEN JAHREN GEZEIGT HABEN, DASS SIE, BEI WELCHEM JOB AUCH IMMER, DANACH NICHT DARÜBER REDEN. DAS BRAUCHEN WIR. GENAU SO WIE IHRE... ZIELSTREBIGKEIT.
IN DREISSIG JAHREN MILITÄRARBEIT HABE ICH KEINEN GETROFFEN, DER SO ZIELGERICHTET IST WIE SIE, JOE. GENAU DAS IST HIER WICHTIG.
DAS IST DIE ENERGIEQUELLE AUS DEM SCHIFF, DAS HYPERION HIERHERBRACHTE.
WIR STELLTEN FEST, DASS ES AUF MENSCHLICHE GEDANKEN REAGIERT, AUF DIE NÄHE MENSCHLICHER GEDANKEN, INSBESONDERE AUF DEREN WILLEN.
WIR VERSUCHTEN ES ZU NUTZEN, ES ZU KONTROLLIEREN, DOCH DIE AUFMERKSAMKEIT DER PERSONEN, DIE DEN TEST VORNAHMEN, WAR BISWEILEN INSTABIL.
UND...?
DIE FOLGEN WAREN... UNSCHÖN. WIR BRAUCHEN JEMANDEN, DER DIESES... DING SEINEM WILLEN UNTERWIRFT UND IHM BEFEHLE ERTEILEN KANN.
WORAUF WARTEN WIR ALSO NOCH?

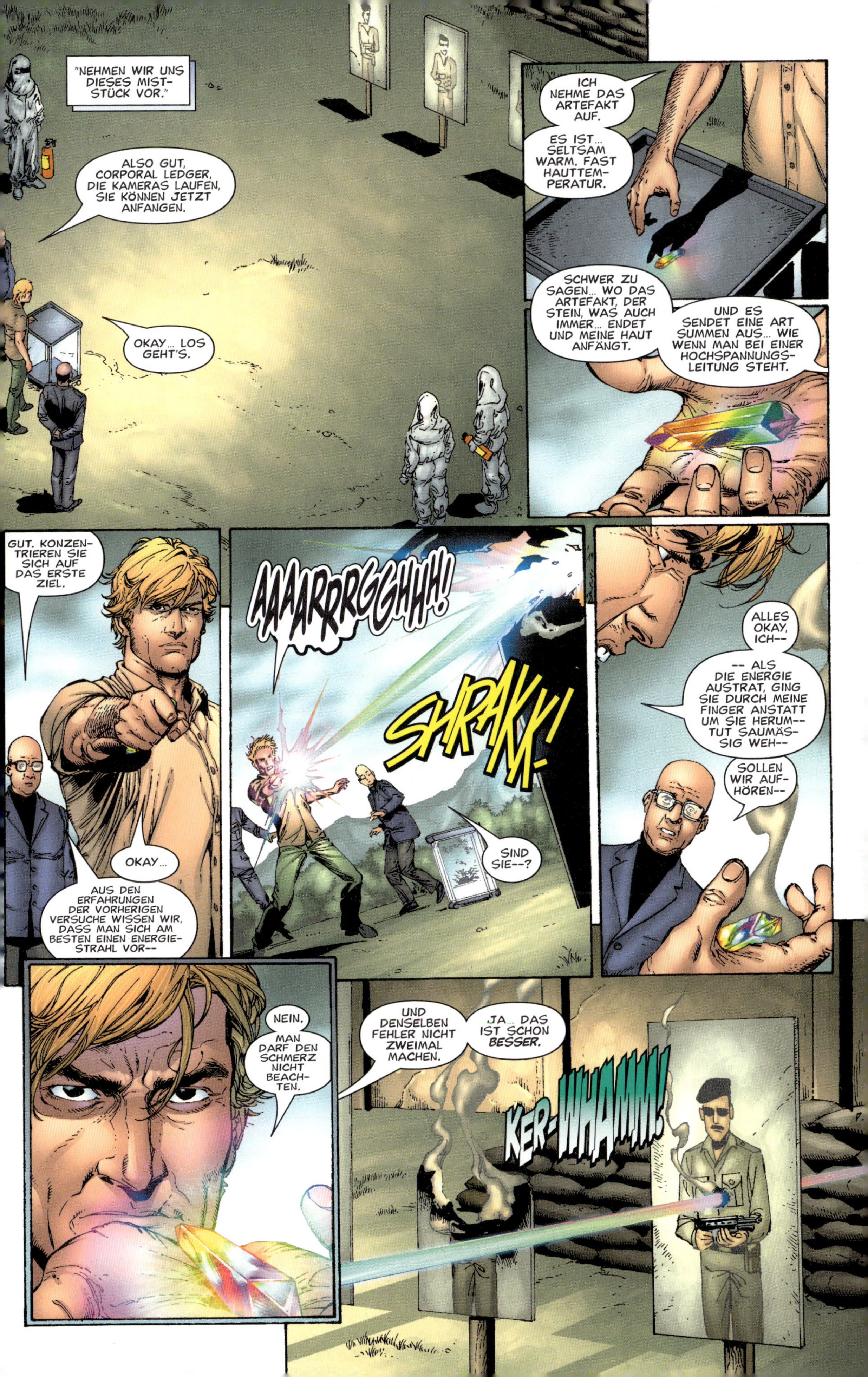
"NEHMEN WIR UNS DIESES MISTSTÜCK VOR."
ALSO GUT, CORPORAL LEDGER, DIE KAMERAS LAUFEN, SIE KÖNNEN JETZT ANFANGEN.
OKAY... LOS GEHT'S.
ICH NEHME DAS ARTEFAKT AUF.
ES IST... SELTSAM WARM. FAST HAUTTEMPERATUR.
SCHWER ZU SAGEN... WO DAS ARTEFAKT, DER STEIN, WAS AUCH IMMER... ENDET UND MEINE HAUT ANFÄNGT.
UND ES SENDET EINE ART SUMMEN AUS... WIE WENN MAN BEI EINER HOCHSPANNUNGSLEITUNG STEHT.
GUT. KONZENTRIEREN SIE SICH AUF DAS ERSTE ZIEL.
OKAY...
AUS DEN ERFAHRUNGEN DER VORHERIGEN VERSUCHE WISSEN WIR, DASS MAN SICH AM BESTEN EINEN ENERGIESTRAHL VOR--
AAAARRRGGHHH!
SHRAKK!
SIND SIE--?
ALLES OKAY, ICH--
-- ALS DIE ENERGIE AUSTRAT, GING SIE DURCH MEINE FINGER ANSTATT UM SIE HERUM-- TUT SAUMÄSSIG WEH--
SOLLEN WIR AUFHÖREN--
NEIN. MAN DARF DEN SCHMERZ NICHT BEACHTEN.
UND DENSELBEN FEHLER NICHT ZWEIMAL MACHEN.
JA... DAS IST SCHON BESSER.
KER-WHAMM!

WHAMM! WHAMM! WHAMM!
JA... ES WIRD MIT JEDEM MAL LEICHTER. UND ICH SPÜRE, WIE DIE MACHT STÄRKER, KONZENTRIERTER WIRD UND MEHR SCHADEN ANRICHTET.
ES TUT TROTZDEM WEH WIE VERRÜCKT... HANDRÜCKEN BRENNT...
VIELLEICHT SOLLTE ICH KURZ PAUSE MACHEN.
JA, IMMER LANGSAM. HAT JA NOCH ZEIT, ICH--
WAS ZUR HÖLLE--? ES BRENNT... VERDAMMT, MEINE HAND BRENNT--!
AAAGHH!
JOE? JOE!
NOTARZT!
WIR BRAUCHEN HIER HILFE-- SOFORT!

FÜNF...
"MEINE MUTTER SAGT, ICH SOLL NICHT MEHR HERKOMMEN. SIE SAGTE, DAS WÄRE SINNLOS."
SIE SAGT, WIR WÜRDEN NAHRUNG VERGEUDEN.
DEINE MUTTER VERGASS UNSERE BRÄUCHE.
WIE DAS, WENN SIE DOCH GEGESSEN WIRD.
NUR DIE RATTEN ESSEN DIE NAHRUNG.
WIR HABEN HUNGER UND NIE GENUG ZU ESSEN, ABER WIR LASSEN ES TROTZDEM IMMER DEN RATTEN.
WIR TUN, WAS WIR TUN MÜSSEN. UND FASS ES NICHT AN.
HIER. LEG ES DAHIN, DANN GEHEN WIR ZURÜCK.
OKAY, OKAY...
EINES TAGES WIRST DU ES ZU SCHÄTZEN WISSEN. WENN DIE PRINZESSIN ZURÜCKKEHRT. SIE WIRD UNS FÜR UNSER WERK REICH BELOHNEN.
VON MIR AUS...
SIE DURCHLITT UNSRETWILLEN JAHRHUNDERTELANGEN SCHLAF, WACHTE ÜBER UNSERE TRÄUME, LEBTE IN DEN MOMENTEN ZWISCHEN UNSERER HOFFNUNG AUF DIE ZUKUNFT UND UNSERER ANGST VOR DER VERGANGENHEIT.

GUT, WIR KÖNNEN JETZT GEHEN. WENN DU MÖCHTEST, NEHME ICH BEIM NÄCHSTEN MAL DEINE SCHWESTER MIT. JUNGS VERSTEHEN NICHTS VON PRINZESSINNEN.
WER GLAUBT DENN SCHON AN--
ICH HÖRTE... ICH DACHTE, ICH--
WAS?
WAS HAST DU GEHÖRT?
EINE STIMME... SIE SAGTE...
"ETWAS RÜHRT SICH, DRAUSSEN IN DER WELT."
ACH JA? INTERESSANT... DAS IST WIRKLICH INTERESSANT...
SCRATCH SCRATCH
... RÜHRT SICH... ETWAS RÜHRT SICH...

"... RÜHRT SICH..."
WHIRRRRR
HI.
ÄH... HI.
WENN X EINE BEHAUPTUNG IST...
... UND A X MINUS Y IST, WAS GIBT A PLUS Y?
ALFRED LORD TENNYSON SCHENKTE UNS EINIGE DER WOMÖGLICH BESTEN GEDICHTE IN DER ENGLISCHEN LITERATUR. ES WAR EINE BEMERKENSWERTE ÄRA, DANK BYRON, SHELLEY, KEATS--
-- WO WÄHREND DES BÜRGERKRIEGS ÜBER SECHSHUNDERTTAUSEND MENSCHEN GETÖTET WURDEN.

ER STARRT MICH STÄNDIG AN...

"... DER IST ECHT SO... EKLIG..."
"ICH WEISS... MEIN DAD SAGT, ICH SOLL IHM AUS DEM WEG GEHEN, WEIL ER GEFÄHRLICH WÄRE."
IRGENDWAS HAT ER AN SICH, ODER...? ALS WÜRDE ER HIER NICHT HINGEHÖREN. MERKT IHR DAS AUCH?
ABER VOLL.
ICH HAB' MAL VON DIESEM EXPERIMENT GEHÖRT, WO SIE DIESEN AFFEN IN DERSELBEN FARBE BEMALT HABEN WIE EINE GRUPPE ANDERER AFFEN UND DARUNTER GEMISCHT HABEN, UM ZU SEHEN, OB DIE AFFEN MERKEN, DASS ER NUR SO ÄHNLICH AUSSIEHT WIE SIE.
JA, UND DANN...?
SIE HABEN IHN ZERFETZT. WEIL, MAN WEISS ES EBEN.
"MAN WEISS ES EBEN."
"UND, WIE WAR DEIN TAG?"

ES FOLGT: **COMING OUT**

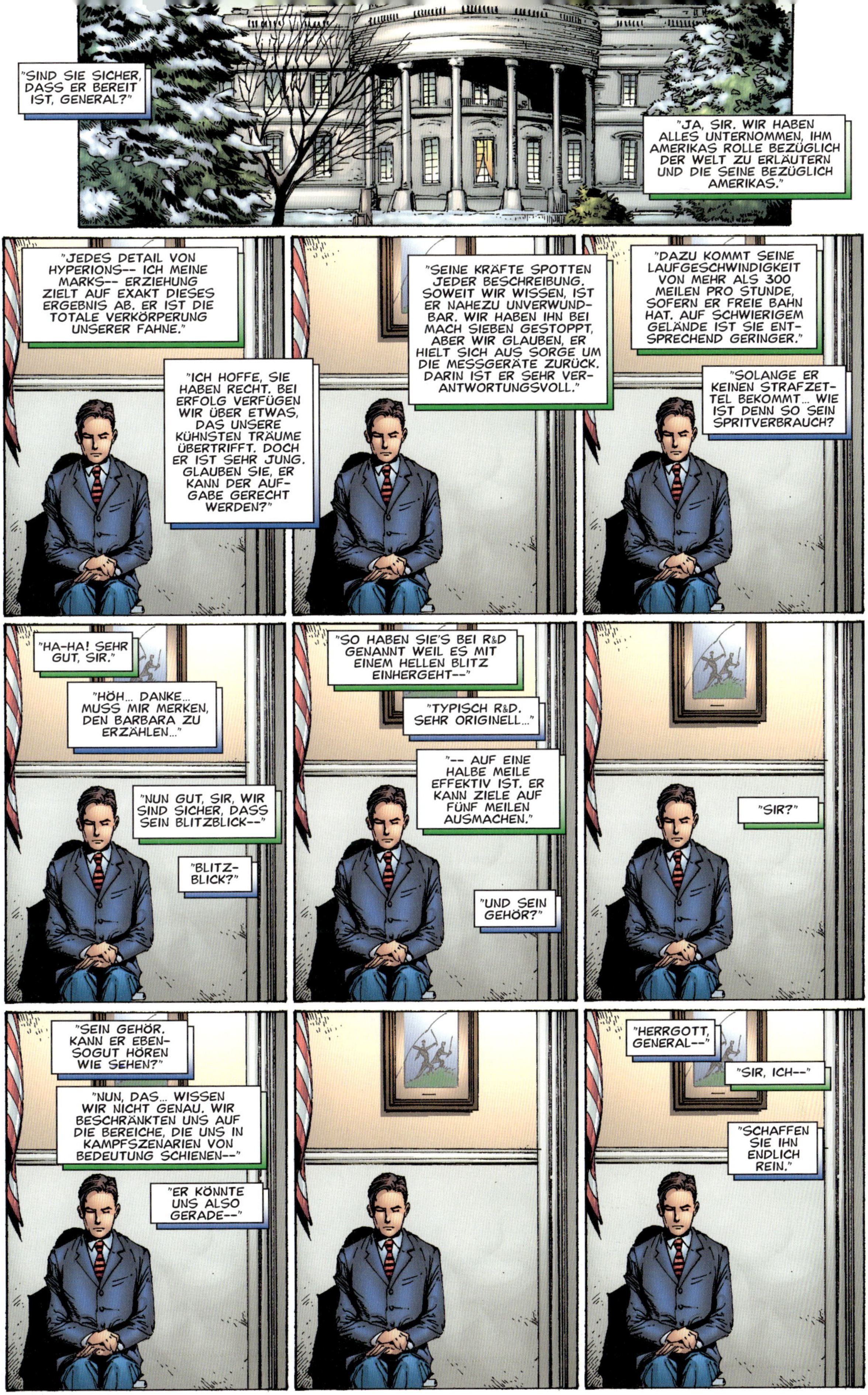
"SIND SIE SICHER, DASS ER BEREIT IST, GENERAL?"
"JA, SIR. WIR HABEN ALLES UNTERNOMMEN, IHM AMERIKAS ROLLE BEZÜGLICH DER WELT ZU ERLÄUTERN UND DIE SEINE BEZÜGLICH AMERIKAS."
"JEDES DETAIL VON HYPERIONS-- ICH MEINE MARKS-- ERZIEHUNG ZIELT AUF EXAKT DIESES ERGEBNIS AB. ER IST DIE TOTALE VERKÖRPERUNG UNSERER FAHNE."
"ICH HOFFE, SIE HABEN RECHT. BEI ERFOLG VERFÜGEN WIR ÜBER ETWAS, DAS UNSERE KÜHNSTEN TRÄUME ÜBERTRIFFT. DOCH ER IST SEHR JUNG. GLAUBEN SIE, ER KANN DER AUFGABE GERECHT WERDEN?"
"SEINE KRÄFTE SPOTTEN JEDER BESCHREIBUNG. SOWEIT WIR WISSEN, IST ER NAHEZU UNVERWUNDBAR. WIR HABEN IHN BEI MACH SIEBEN GESTOPPT, ABER WIR GLAUBEN, ER HIELT SICH AUS SORGE UM DIE MESSGERÄTE ZURÜCK. DARIN IST ER SEHR VERANTWORTUNGSVOLL."
"DAZU KOMMT SEINE LAUFGESCHWINDIGKEIT VON MEHR ALS 300 MEILEN PRO STUNDE, SOFERN ER FREIE BAHN HAT. AUF SCHWIERIGEM GELÄNDE IST SIE ENTSPRECHEND GERINGER."
"SOLANGE ER KEINEN STRAFZETTEL BEKOMMT... WIE IST DENN SO SEIN SPRITVERBRAUCH?"
"HA-HA! SEHR GUT, SIR."
"HÖH... DANKE... MUSS MIR MERKEN, DEN BARBARA ZU ERZÄHLEN..."
"NUN GUT, SIR, WIR SIND SICHER, DASS SEIN BLITZBLICK--"
"BLITZBLICK?"
"SO HABEN SIE'S BEI R&D GENANNT WEIL ES MIT EINEM HELLEN BLITZ EINHERGEHT--"
"TYPISCH R&D. SEHR ORIGINELL..."
"-- AUF EINE HALBE MEILE EFFEKTIV IST. ER KANN ZIELE AUF FÜNF MEILEN AUSMACHEN."
"UND SEIN GEHÖR?"
"SIR?"
"SEIN GEHÖR. KANN ER EBENSOGUT HÖREN WIE SEHEN?"
"NUN, DAS... WISSEN WIR NICHT GENAU. WIR BESCHRÄNKTEN UNS AUF DIE BEREICHE, DIE UNS IN KAMPFSZENARIEN VON BEDEUTUNG SCHIENEN--"
"ER KÖNNTE UNS ALSO GERADE--"
"HERRGOTT, GENERAL--"
"SIR, ICH--"
"SCHAFFEN SIE IHN ENDLICH REIN."

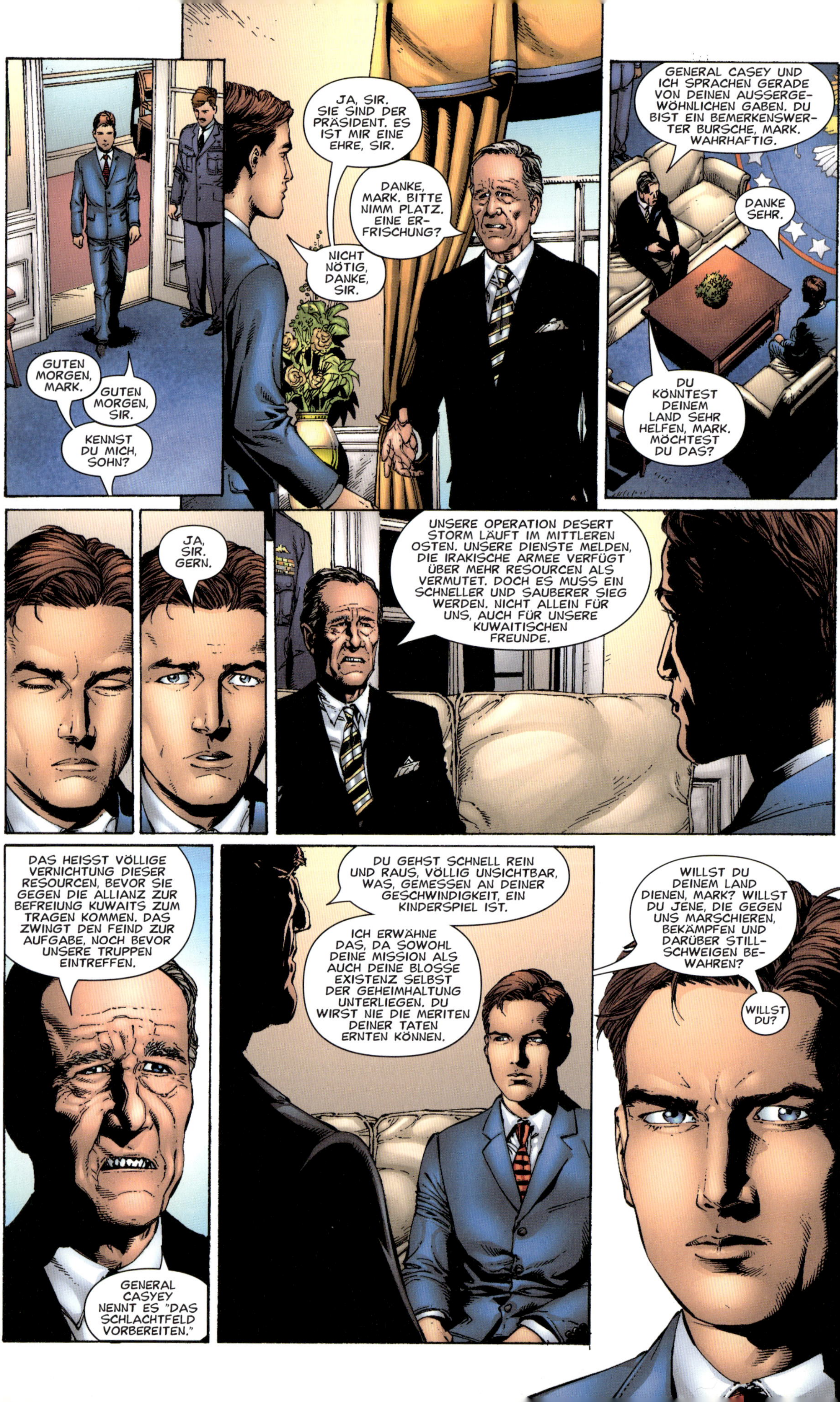
GUTEN MORGEN, MARK.
GUTEN MORGEN, SIR.
KENNST DU MICH, SOHN?
JA, SIR. SIE SIND DER PRÄSIDENT. ES IST MIR EINE EHRE, SIR.
DANKE, MARK. BITTE NIMM PLATZ. EINE ERFRISCHUNG?
NICHT NÖTIG, DANKE, SIR.
GENERAL CASEY UND ICH SPRACHEN GERADE VON DEINEN AUSSERGEWÖHNLICHEN GABEN. DU BIST EIN BEMERKENSWERTER BURSCHE, MARK. WAHRHAFTIG.
DANKE SEHR.
DU KÖNNTEST DEINEM LAND SEHR HELFEN, MARK. MÖCHTEST DU DAS?
JA, SIR. GERN.
UNSERE OPERATION DESERT STORM LÄUFT IM MITTLEREN OSTEN. UNSERE DIENSTE MELDEN, DIE IRAKISCHE ARMEE VERFÜGT ÜBER MEHR RESOURCEN ALS VERMUTET. DOCH ES MUSS EIN SCHNELLER UND SAUBERER SIEG WERDEN. NICHT ALLEIN FÜR UNS, AUCH FÜR UNSERE KUWAITISCHEN FREUNDE.
DAS HEISST VÖLLIGE VERNICHTUNG DIESER RESOURCEN, BEVOR SIE GEGEN DIE ALLIANZ ZUR BEFREIUNG KUWAITS ZUM TRAGEN KOMMEN. DAS ZWINGT DEN FEIND ZUR AUFGABE, NOCH BEVOR UNSERE TRUPPEN EINTREFFEN.
GENERAL CASYEY NENNT ES "DAS SCHLACHTFELD VORBEREITEN."
DU GEHST SCHNELL REIN UND RAUS, VÖLLIG UNSICHTBAR, WAS, GEMESSEN AN DEINER GESCHWINDIGKEIT, EIN KINDERSPIEL IST.
ICH ERWÄHNE DAS, DA SOWOHL DEINE MISSION ALS AUCH DEINE BLOSSE EXISTENZ SELBST DER GEHEIMHALTUNG UNTERLIEGEN. DU WIRST NIE DIE MERITEN DEINER TATEN ERNTEN KÖNNEN.
WILLST DU DEINEM LAND DIENEN, MARK? WILLST DU JENE, DIE GEGEN UNS MARSCHIEREN, BEKÄMPFEN UND DARÜBER STILLSCHWEIGEN BEWAHREN?
WILLST DU?

"JA, SIR. ES WÄRE MIR EINE EHRE."
DORT IST DIE FRONT. UNSER HAUPTKONTINGENT LIEGT ZWEI MEILEN HINTER UNS. MARSCHIERT BEI TAGESANBRUCH. BIS DANN MÜSSEN WIR HIER RAUS SEIN.
ALSO, ÄH... BENÖTIGEN SIE NOCH ETWAS?
NEIN.

SIR? ALLES NACH PLAN? SIR?
HIMMEL.
...GOTT... OHGOTT OHGOTT
SEHT, DORT!
SIE KÖNNEN VORRÜCKEN. ES IST VORBEI.
SOLL ICH JETZT GEHEN?
ÄH... JA. DANKE.
-- WÄHREND ERSTER KAMPFHANDLUNGEN DER KOALITION MIT IRAKISCHEN VERBÄNDEN.

DER WIDERSTAND FIEL ZUM ERSTAUNEN VIELER G.I.S ÜBERRASCHEND GERING AUS; DIE KAUM NENNENSWERT BEWAFFNETEN IRAKISCHEN TRUPPEN ERGABEN SICH NACH KURZER ZEIT.
DIESE FILMAUFNAHMEN ZEIGEN DIE RESTE DER WENIGEN PANZERFAHRZEUGE UND WAFFEN DER IRAKISCHEN MANNSCHAFTEN. VERMUTLICH ALLESAMT WÄHREND DER NACHT--
-- DURCH LASERGESTEUERTE CRUISE- UND TOMAHAWK-MISSILES DER KOALITION ZERSTÖRT.
GENERAL NORMAN SCHWARTZKOPF ÄUSSERTE SICH AUFGRUND DER BISHERIGEN ERFOLGE VORSICHTIG OPTIMISTISCH ÜBER DIE KAMPAGNE.
WIDERSTAND VERMUTLICH DURCH CRUISE/TOMAHAWK MISSILES ELIMINIERT
WIDERSTAND ? VERMUTLICH DURCH CRUISE/TOMAH MISSILES ELIMINIERT
SCHWARTZKOPF FÜGTE HINZU "ES STEHE AUSSER ZWEIFEL, DASS AMERIKANISCHE STREITKRÄFTE DIE LUFTHOHEIT ÜBER DEN IRAK INNEHABEN."
WIDERSTAND ? VERMUTLICH DURCH CRUISE/TOMAHAWK MISSILES ELIMINIERT

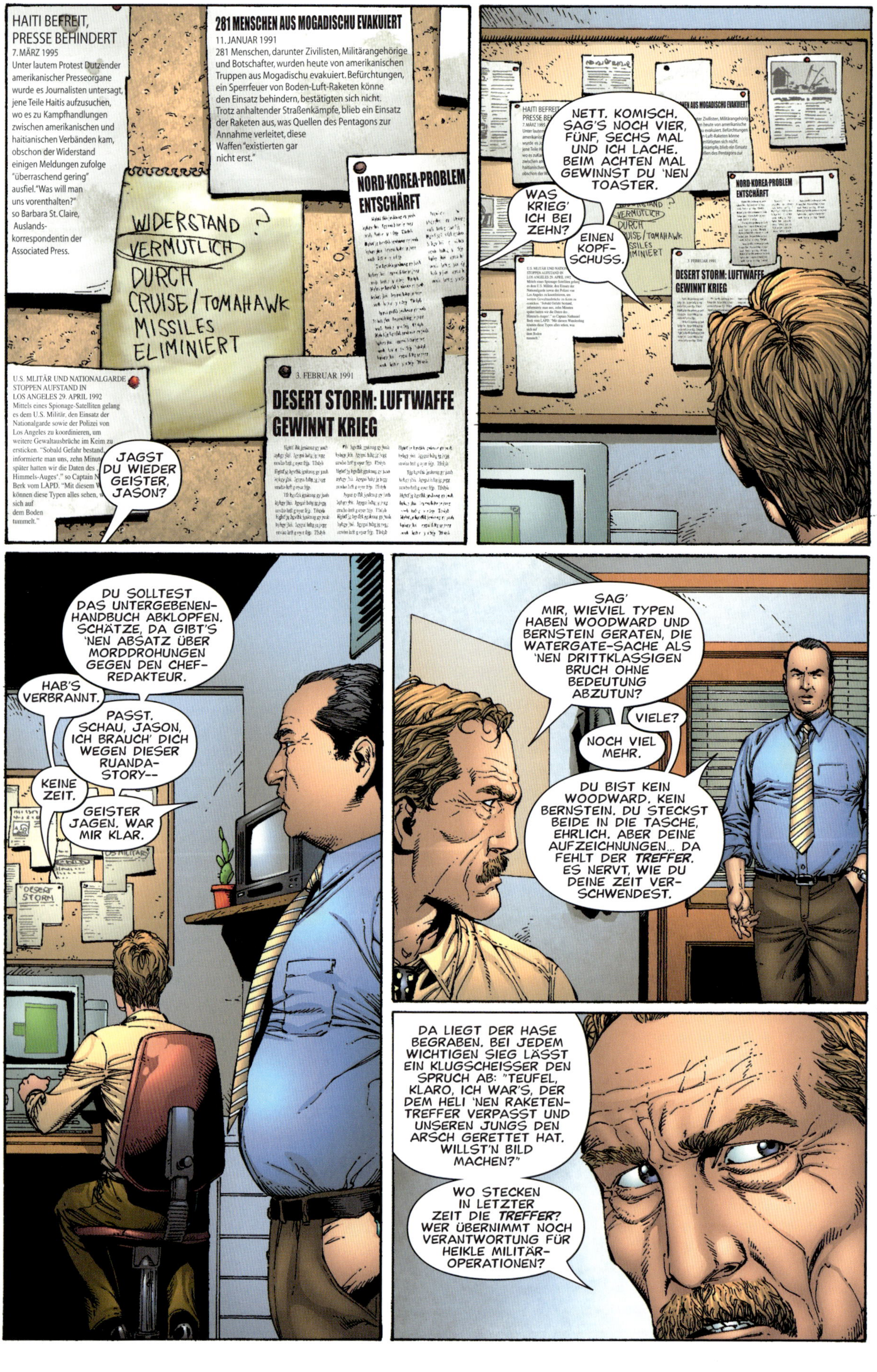

HAITI BEFREIT, PRESSE BEHINDERT
7. MÄRZ 1995
Unter lautem Protest Dutzender amerikanischer Presseorgane wurde es Journalisten untersagt, jene Teile Haitis aufzusuchen, wo es zu Kampfhandlungen zwischen amerikanischen und haitianischen Verbänden kam, obschon der Widerstand einigen Meldungen zufolge "überraschend gering" ausfiel. "Was will man uns vorenthalten?" so Barbara St. Claire, Auslands-korrespondentin der Associated Press.
281 MENSCHEN AUS MOGADISCHU EVAKUIERT
11. JANUAR 1991
281 Menschen, darunter Zivilisten, Militärangehörige und Botschafter, wurden heute von amerikanischen Truppen aus Mogadischu evakuiert. Befürchtungen, ein Sperrfeuer von Boden-Luft-Raketen könne den Einsatz behindern, bestätigten sich nicht. Trotz anhaltender Straßenkämpfe, blieb ein Einsatz der Raketen aus, was Quellen des Pentagons zur Annahme verleitet, diese Waffen "existierten gar nicht erst."
WIDERSTAND ? VERMUTLICH DURCH CRUISE/TOMAHAWK MISSILES ELIMINIERT
NORD-KOREA-PROBLEM ENTSCHÄRFT
U.S. MLITÄR UND NATIONALGARDE STOPPEN AUFSTAND IN LOS ANGELES 29. APRIL 1992
Mittels eines Spionage-Satelliten gelang es dem U.S. Militär, den Einsatz der Nationalgarde sowie der Polizei von Los Angeles zu koordinieren, um weitere Gewaltausbrüche im Keim zu ersticken. "Sobald Gefahr bestand, informierte man uns, zehn Minuten später hatten wir die Daten des ,Himmels-Auges'." so Captain N. Berk vom LAPD. "Mit diesem W... können diese Typen alles sehen, ... sich auf dem Boden tummelt."
3. FEBRUAR 1991
DESERT STORM: LUFTWAFFE GEWINNT KRIEG
JAGST DU WIEDER GEISTER, JASON?
NETT. KOMISCH. SAG'S NOCH VIER, FÜNF, SECHS MAL UND ICH LACHE. BEIM ACHTEN MAL GEWINNST DU 'NEN TOASTER.
WAS KRIEG' ICH BEI ZEHN?
EINEN KOPF-SCHUSS.
DU SOLLTEST DAS UNTERGEBENEN-HANDBUCH ABKLOPFEN. SCHÄTZE, DA GIBT'S 'NEN ABSATZ ÜBER MORDDROHUNGEN GEGEN DEN CHEF-REDAKTEUR.
HAB'S VERBRANNT.
PASST. SCHAU, JASON, ICH BRAUCH' DICH WEGEN DIESER RUANDA-STORY--
KEINE ZEIT.
GEISTER JAGEN. WAR MIR KLAR.
SAG' MIR, WIEVIEL TYPEN HABEN WOODWARD UND BERNSTEIN GERATEN, DIE WATERGATE-SACHE ALS 'NEN DRITTKLASSIGEN BRUCH OHNE BEDEUTUNG ABZUTUN?
VIELE?
NOCH VIEL MEHR.
DU BIST KEIN WOODWARD. KEIN BERNSTEIN. DU STECKST BEIDE IN DIE TASCHE, EHRLICH. ABER DEINE AUFZEICHNUNGEN... DA FEHLT DER TREFFER. ES NERVT, WIE DU DEINE ZEIT VER-SCHWENDEST.
DA LIEGT DER HASE BEGRABEN. BEI JEDEM WICHTIGEN SIEG LÄSST EIN KLUGSCHEISSER DEN SPRUCH AB: "TEUFEL, KLARO, ICH WAR'S, DER DEM HELI 'NEN RAKETEN-TREFFER VERPASST UND UNSEREN JUNGS DEN ARSCH GERETTET HAT. WILLST'N BILD MACHEN?"
WO STECKEN IN LETZTER ZEIT DIE TREFFER? WER ÜBERNIMMT NOCH VERANTWORTUNG FÜR HEIKLE MILITÄR-OPERATIONEN?

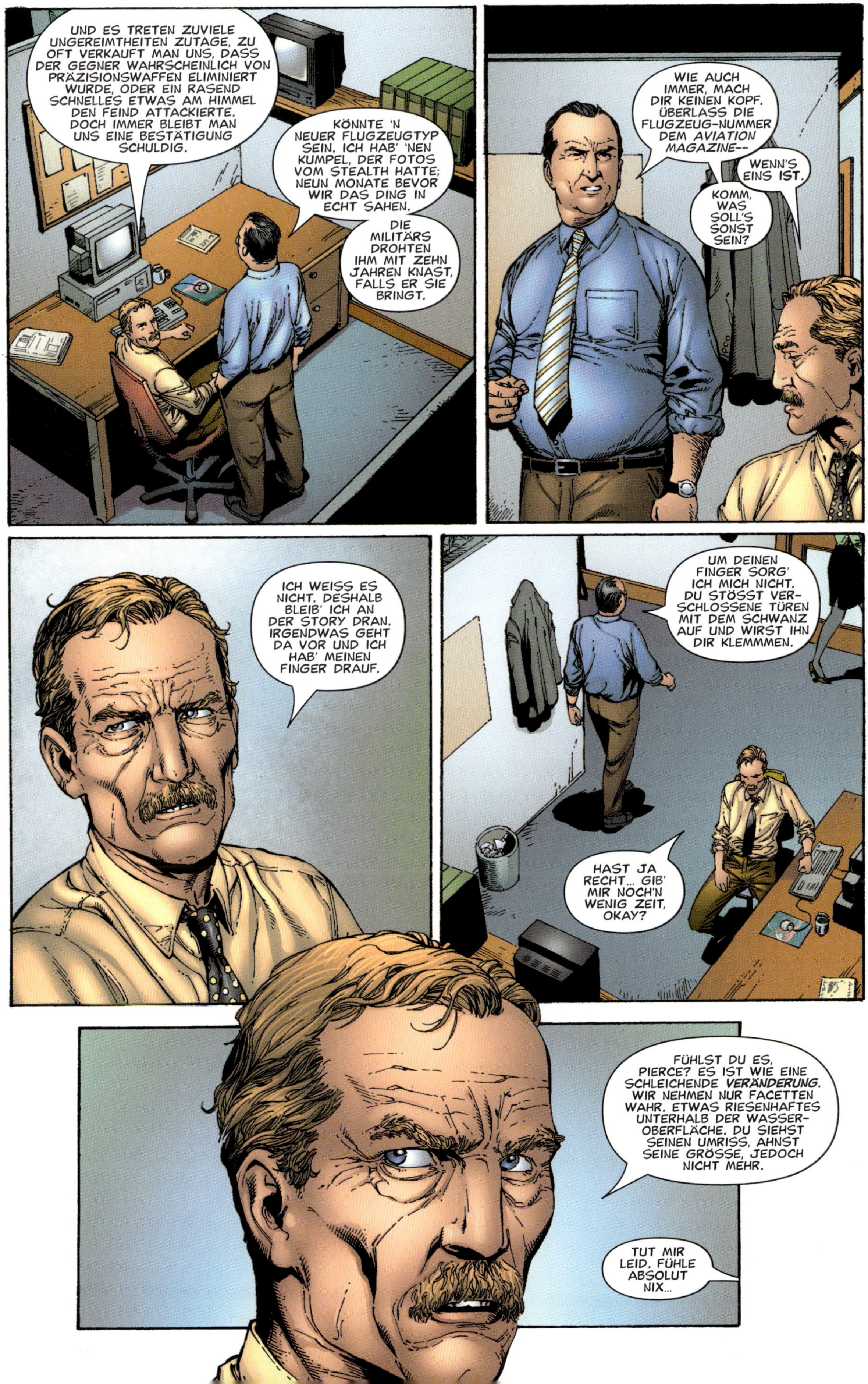
UND ES TRETEN ZUVIELE UNGEREIMTHEITEN ZUTAGE, ZU OFT VERKAUFT MAN UNS, DASS DER GEGNER WAHRSCHEINLICH VON PRÄZISIONSWAFFEN ELIMINIERT WURDE, ODER EIN RASEND SCHNELLES ETWAS AM HIMMEL DEN FEIND ATTACKIERTE. DOCH IMMER BLEIBT MAN UNS EINE BESTÄTIGUNG SCHULDIG.
KÖNNTE 'N NEUER FLUGZEUGTYP SEIN. ICH HAB' 'NEN KUMPEL, DER FOTOS VOM STEALTH HATTE; NEUN MONATE BEVOR WIR DAS DING IN ECHT SAHEN.
DIE MILITÄRS DROHTEN IHM MIT ZEHN JAHREN KNAST, FALLS ER SIE BRINGT.
WIE AUCH IMMER, MACH DIR KEINEN KOPF. ÜBERLASS DIE FLUGZEUG-NUMMER DEM AVIATION MAGAZINE--
WENN'S EINS IST.
KOMM, WAS SOLL'S SONST SEIN?
ICH WEISS ES NICHT. DESHALB BLEIB' ICH AN DER STORY DRAN. IRGENDWAS GEHT DA VOR UND ICH HAB' MEINEN FINGER DRAUF.
UM DEINEN FINGER SORG' ICH MICH NICHT. DU STÖSST VERSCHLOSSENE TÜREN MIT DEM SCHWANZ AUF UND WIRST IHN DIR KLEMMMEN.
HAST JA RECHT... GIB' MIR NOCH'N WENIG ZEIT, OKAY?
FÜHLST DU ES, PIERCE? ES IST WIE EINE SCHLEICHENDE VERÄNDERUNG. WIR NEHMEN NUR FACETTEN WAHR. ETWAS RIESENHAFTES UNTERHALB DER WASSEROBERFLÄCHE. DU SIEHST SEINEN UMRISS, AHNST SEINE GRÖSSE, JEDOCH NICHT MEHR.
TUT MIR LEID. FÜHLE ABSOLUT NIX...

... ANDERES ALS MEINE UNTERSCHWELLIGE PANIK VOR DEM ÜBLICHEN HAUFEN DEPPEN, DÖDEL, IRRER, FREAKS, KASPER, FLIPPIS, SÄFTEL UND FANATIKER, DER DICH SPRECHEN WILL.
"PETRI HEIL, AHAB..."
-- ALSO, JIMMY UND ICH VONNE ALIENS HOPSGENOMMEN. WOLLTEN UNS HELFEN, DIE ERDE AUF'S NÄCHSTE LEVEL ZU PACKEN, WEIL'SE UNS DAS RÄTSEL VON'S LEBEN VERKLICKERN. ZUM VERSCHERBELN UND VIEL KOHLE MACHEN. HAM SIE 'N DONUT?
LÄUFT KOMPLETT SCHWARZ AB, KAPIER'N SIE? WENN ICH REDE, KILLEN SIE UNS *BEIDE* UND ICH WAR SCHON MAL TOT UND ICH FAND'S NICH' PRALL. KEINE FRAGEN. DARÜBER DARF ICH AUCH NICH' QUATSCHEN.
DESERT STORM WAR'N TRICK, UM UNS EINEN TEIL DES MITTLEREN OSTENS ZU SICHERN. ODER DIE MONDLANDUNG. GLAUBEN SIE IM ERNST, WIR SCHICKEN UNSERE JUNGS DA RAUF FÜR'N PAAR STEINE?
EIN FREUND EINES FREUNDES SAGTE, ER HÄTTE JEMAND VOM MILITÄR VON ETWAS NAMENS PROJEKT HYPERION REDEN HÖREN. MAG NICHTS BEDEUTEN, ABER--
-- UND DIE MILITÄRS HABEN DIESE BASEN IM ERDKERN, DER HOHL IST, UND DESHALB HABEN WIR SOVIELE ERDBEBEN IN LETZTER ZEIT--
ICH SCHRIEB EINE FUNDIERTE ARBEIT OB DIESER THEMATIK, "AMERIKA ALS PROTO-IMPERIUM UND SEIN PSYCHO-EFFEKT AUF STRATEGISCHE ALLIANZEN IM ZWANZIGSTEN JAHRHUNDERT." ICH GEBE IHNEN EIN EXEMPLAR BEI ERWÄHNUNG IN IHREM ARTIKEL.
-- NACH DEM ABSTURZ DES ALIENSCHIFFS FANDEN WIR EIN BABY IM WRACK. VÖLLIG UNVERLETZT. WIR NAHMEN ES ZU UNS, ABER DAS MILITÄR KAM IN SCHWARZEN HUBSCHRAUBERN UND NAHM ES FORT. ES IST SICHER NOCH IMMER DORT. MEIN ARZT SAGT, ICH SOLL NICHT DAVON SPRECHEN, ABER--
JETZT, WO SIE'S ERWÄHNEN; ICH HAB' VON 'NEM PROJEKT HYPERION GEHÖRT, ALS ICH VOR'N PAAR JAHREN IN KUWAIT STATIONIERT WAR. DIE WAR'N VERFLUCHT MAULFAUL, WAS DAS ANGING.

Bearbeiter für private Anfragen
Central Intelligence Agency
Washington D.C. 20505
LIEBER SACHBEARBEITER:
GEMÄSS ARTIKEL 5, PARAGRAPH 552 DER VERFASSUNG BEZ. DES RECHTES AUF FREIE INFORMATION, ERSUCHE ICH UM EINBLICK IN UNTERLAGEN EINES PROGRAMMS NAMENS "PROJEKT HYPERION", VERMUTLICH INITIIERT IM JANUAR 1991, ALS TEIL ODER NEBENKAMPAGNE DER OPERATION DESERT STORM.
Mr. Jason Scott
The Washington Herald
2414 Beacon Street NW
Washington, DC 20037
PER YOUR FOIA REQUEST
AGENT BERICHTETE
PROJEKT HYPERION
DU WEISST, ICH WÜRDE DICH NICHT STÖREN, WENN ES NICHT WICHTIG WÄRE."

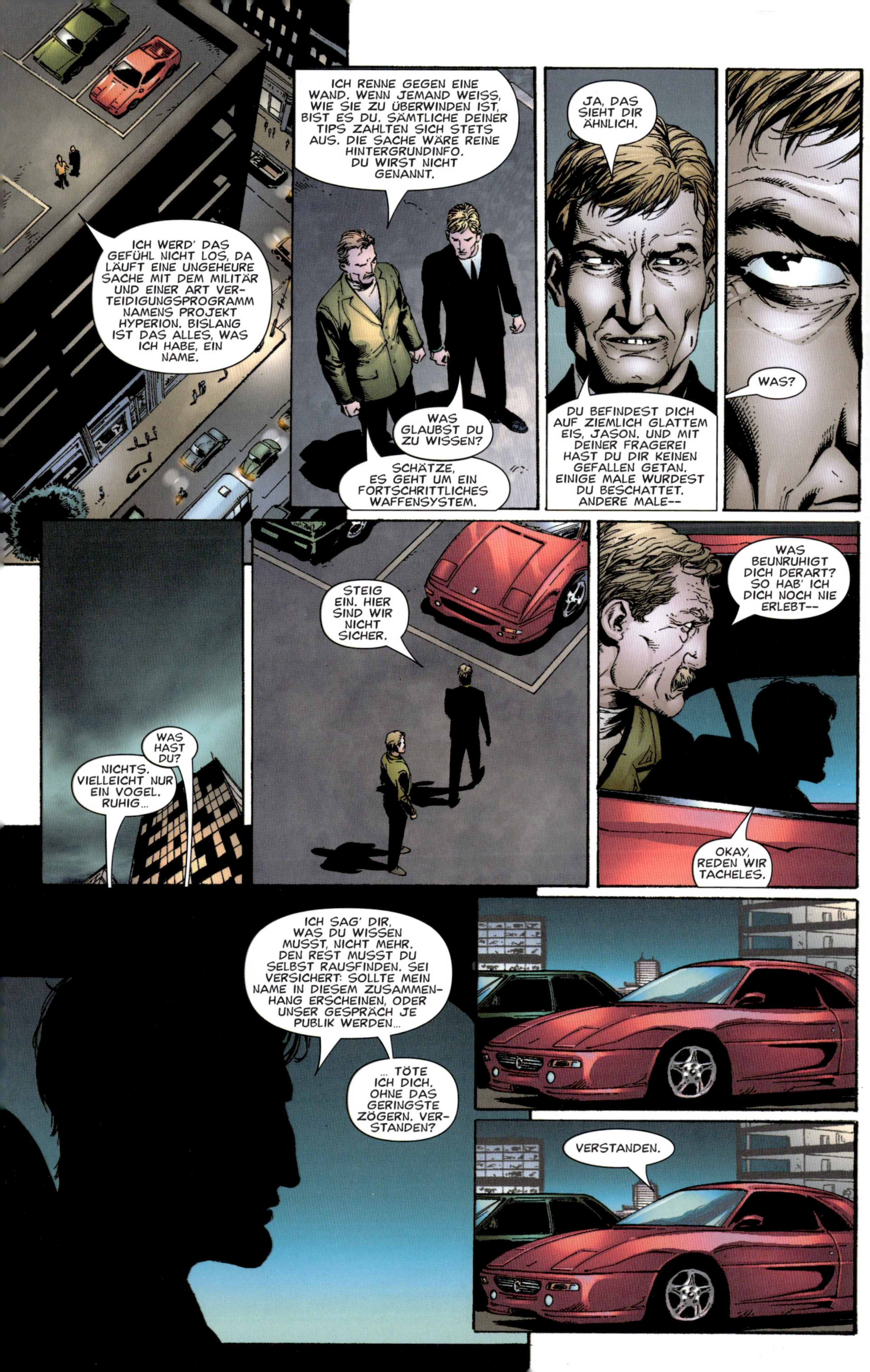
ICH WERD' DAS GEFÜHL NICHT LOS, DA LÄUFT EINE UNGEHEURE SACHE MIT DEM MILITÄR UND EINER ART VERTEIDIGUNGSPROGRAMM NAMENS PROJEKT HYPERION. BISLANG IST DAS ALLES, WAS ICH HABE, EIN NAME.
ICH RENNE GEGEN EINE WAND. WENN JEMAND WEISS, WIE SIE ZU ÜBERWINDEN IST, BIST ES DU. SÄMTLICHE DEINER TIPS ZAHLTEN SICH STETS AUS. DIE SACHE WÄRE REINE HINTERGRUNDINFO. DU WIRST NICHT GENANNT.
WAS GLAUBST DU ZU WISSEN?
SCHÄTZE, ES GEHT UM EIN FORTSCHRITTLICHES WAFFENSYSTEM.
JA, DAS SIEHT DIR ÄHNLICH.
DU BEFINDEST DICH AUF ZIEMLICH GLATTEM EIS, JASON. UND MIT DEINER FRAGEREI HAST DU DIR KEINEN GEFALLEN GETAN. EINIGE MALE WURDEST DU BESCHATTET. ANDERE MALE--
WAS?
WAS HAST DU?
NICHTS. VIELLEICHT NUR EIN VOGEL. RUHIG...
STEIG EIN. HIER SIND WIR NICHT SICHER.
WAS BEUNRUHIGT DICH DERART? SO HAB' ICH DICH NOCH NIE ERLEBT--
OKAY, REDEN WIR TACHELES.
ICH SAG' DIR, WAS DU WISSEN MUSST, NICHT MEHR. DEN REST MUSST DU SELBST RAUSFINDEN. SEI VERSICHERT: SOLLTE MEIN NAME IN DIESEM ZUSAMMENHANG ERSCHEINEN, ODER UNSER GESPRÄCH JE PUBLIK WERDEN...
... TÖTE ICH DICH. OHNE DAS GERINGSTE ZÖGERN. VERSTANDEN?
VERSTANDEN.

"WENN DU DIE **WAHRHEIT** KENNST, JASON, WIRD DER HIMMEL ÜBER DIR NIE MEHR DERSELBE SEIN."
MEIN...
... GOTT...
NUN, JASON, ERFOLG BEI DER GEISTER-JAGD?
OKAY, GUT, WAS SOLL'S, LASS DICH NICHT VOM DENKEN ABLENKEN...

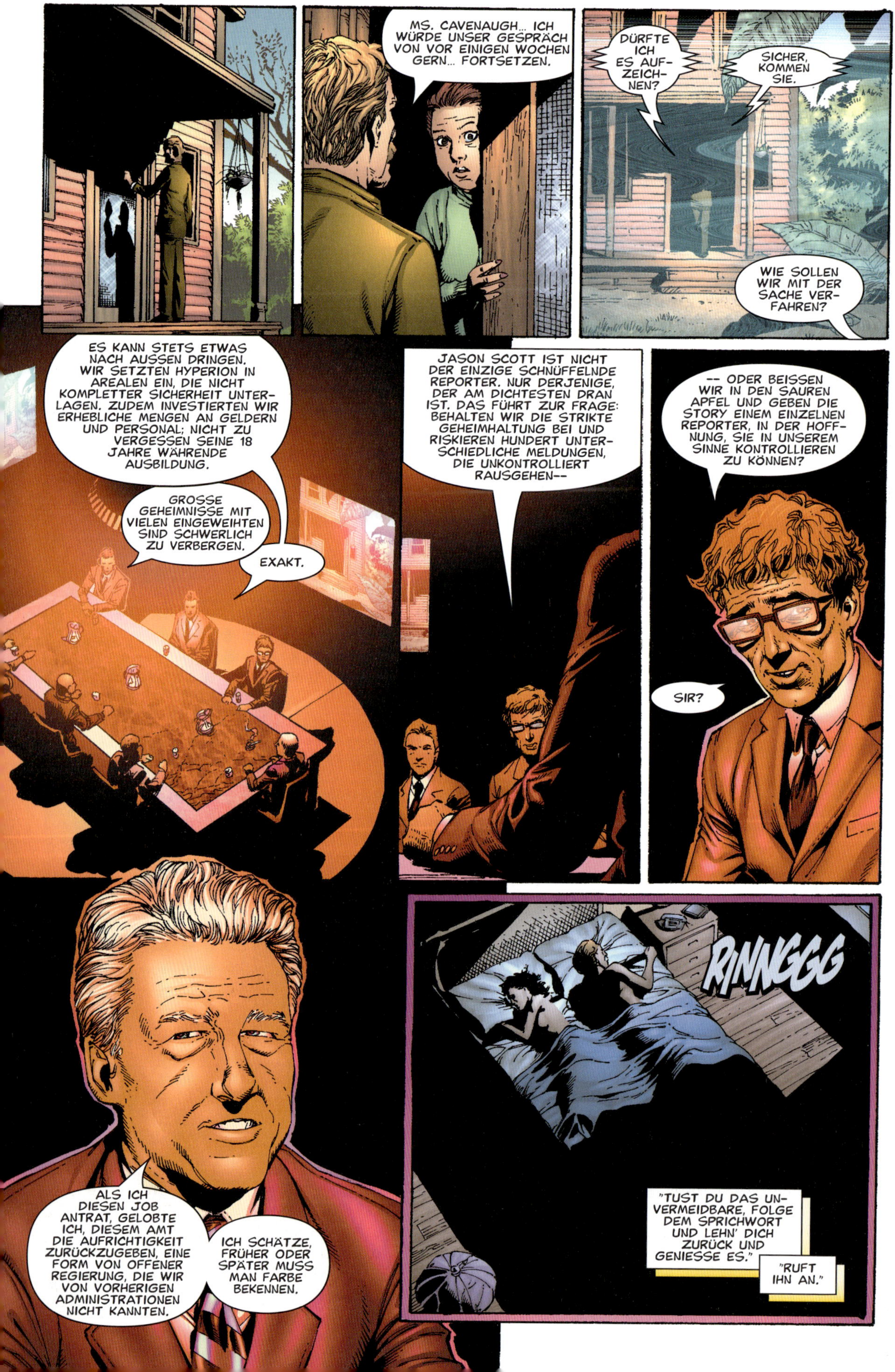

MS. CAVENAUGH... ICH WÜRDE UNSER GESPRÄCH VON VOR EINIGEN WOCHEN GERN... FORTSETZEN.
DÜRFTE ICH ES AUF-ZEICH-NEN?
SICHER, KOMMEN SIE.
WIE SOLLEN WIR MIT DER SACHE VER-FAHREN?
ES KANN STETS ETWAS NACH AUSSEN DRINGEN. WIR SETZTEN HYPERION IN AREALEN EIN, DIE NICHT KOMPLETTER SICHERHEIT UNTER-LAGEN. ZUDEM INVESTIERTEN WIR ERHEBLICHE MENGEN AN GELDERN UND PERSONAL; NICHT ZU VERGESSEN SEINE 18 JAHRE WÄHRENDE AUSBILDUNG.
GROSSE GEHEIMNISSE MIT VIELEN EINGEWEIHTEN SIND SCHWERLICH ZU VERBERGEN.
EXAKT.
JASON SCOTT IST NICHT DER EINZIGE SCHNÜFFELNDE REPORTER. NUR DERJENIGE, DER AM DICHTESTEN DRAN IST. DAS FÜHRT ZUR FRAGE: BEHALTEN WIR DIE STRIKTE GEHEIMHALTUNG BEI UND RISKIEREN HUNDERT UNTER-SCHIEDLICHE MELDUNGEN, DIE UNKONTROLLIERT RAUSGEHEN--
-- ODER BEISSEN WIR IN DEN SAUREN APFEL UND GEBEN DIE STORY EINEM EINZELNEN REPORTER, IN DER HOFF-NUNG, SIE IN UNSEREM SINNE KONTROLLIEREN ZU KÖNNEN?
SIR?
ALS ICH DIESEN JOB ANTRAT, GELOBTE ICH, DIESEM AMT DIE AUFRICHTIGKEIT ZURÜCKZUGEBEN, EINE FORM VON OFFENER REGIERUNG, DIE WIR VON VORHERIGEN ADMINISTRATIONEN NICHT KANNTEN.
ICH SCHÄTZE, FRÜHER ODER SPÄTER MUSS MAN FARBE BEKENNEN.
RINNGGG
"TUST DU DAS UN-VERMEIDBARE, FOLGE DEM SPRICHWORT UND LEHN' DICH ZURÜCK UND GENIESSE ES."
"RUFT IHN AN."

... JA?
JASON SCOTT?
JA...?
GEHEN SIE ZUM BALKON.
CLICK
WER IST DA?
GEHEN SIE ZUM BALKON.
GUTEN ABEND, MR. SCOTT.

MAN BAT MICH, SIE ETWAS ZU FRAGEN.
WÜRDEN SIE GERN DEN DIESJÄHRIGEN PULITZER GEWINNEN?

-- WAS ZUNÄCHST WIE EINE ENTE DES HEUTIGEN WASHINGTON HERALDS ERSCHIEN, WURDE NUN VON QUELLEN DES WEISSEN HAUSES BESTÄTIGT: DIE EXISTENZ--
-- MARK MILTONS, DER, OBWOHL EINE INTERNET-SUCHANFRAGE NIEMANDEN DIESES NAMENS ALS BÜRGER WASHINGTONS IDENTIFIZIERTE--
-- NICHT NUR EXTREME KÖRPERKRAFT HAT, SONDERN PHANTASTISCHERWEISE DEN FLUG AUS EIGENER KRAFT BEHERRSCHT. WEITERE FÄHIGKEITEN UNTERLIEGEN BISLANG DER GEHEIMHALTUNG--
-- INTERNATIONALE REAKTIONEN REICHEN VON SKEPSIS IN CHINA BIS HIN ZUM VORWURF DIVERSER NATIONEN, DIE VEREINIGTEN STAATEN HIELTEN INFORMATIONEN GLOBALEN INTERESSES AUS POLITISCH/NATIONALISTISCHEN GRÜNDEN ZURÜCK--
-- DIESE MELDUNG VERANLASSTE EINE JUNGE FRAU, DIE MIT MARK MILTON DIE SCHULE BESUCHT HABEN WILL, ZUR AUSSAGE--
-- ER WAR EIN TEILNAHMSLOSER, SEHR STILLER, ABER ZIEMLICH HÜBSCHER SCHÜLER. SO, DASS MAN IRGENDWIE WUSSTE, ER WAR WAS BESONDERES. ICH GLAUBE, ER MOCHTE MICH, OBWOHL WIR KAUM REDETEN--
-- BEWEISE, DASS GOTT SEIN FLEISCHGEWORDENES WORT IN GESTALT HIMMLISCHER WÄCHTER WIDER DAS ÜBEL ZUM SCHUTZE AMERIKAS SANDTE--
-- SOWENIG DIESER PUNKT DISKUTIERT WURDE, WIRD DEUTLICH, DASS DIESES INDIVIDUUM AMERIKA JENEN UNFAIREN STRATEGISCHEN VORTEIL VERSCHAFFT, DER FÜR SEINE VERDECKTEN AKTIONEN TYPISCH IST--
-- ABSCHLIESSEND, BOB, IST DIESER EINE REPORT ALLES, WAS WIR HABEN. DAS WEISSE HAUS BESTÄTIGTE DIE MELDUNG, BLIEB JEDOCH SÄMTLICHE BEWEISE SCHULDIG--

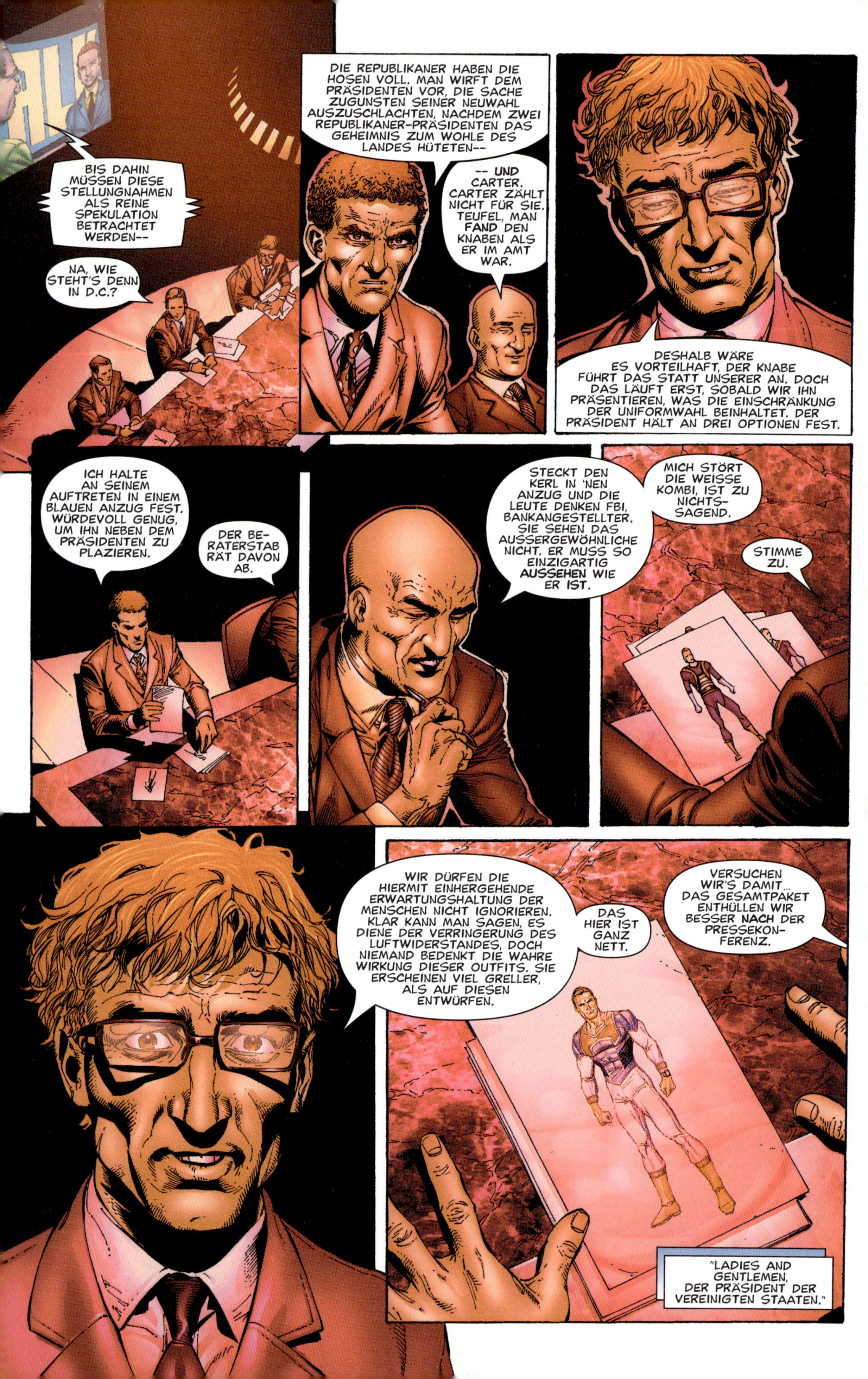
BIS DAHIN MÜSSEN DIESE STELLUNGNAHMEN ALS REINE SPEKULATION BETRACHTET WERDEN--
NA, WIE STEHT'S DENN IN D.C.?
DIE REPUBLIKANER HABEN DIE HOSEN VOLL. MAN WIRFT DEM PRÄSIDENTEN VOR, DIE SACHE ZUGUNSTEN SEINER NEUWAHL AUSZUSCHLACHTEN, NACHDEM ZWEI REPUBLIKANER-PRÄSIDENTEN DAS GEHEIMNIS ZUM WOHLE DES LANDES HÜTETEN--
-- UND CARTER. CARTER ZÄHLT NICHT FÜR SIE. TEUFEL, MAN FAND DEN KNABEN ALS ER IM AMT WAR.
DESHALB WÄRE ES VORTEILHAFT, DER KNABE FÜHRT DAS STATT UNSERER AN. DOCH DAS LÄUFT ERST, SOBALD WIR IHN PRÄSENTIEREN, WAS DIE EINSCHRÄNKUNG DER UNIFORMWAHL BEINHALTET. DER PRÄSIDENT HÄLT AN DREI OPTIONEN FEST.
ICH HALTE AN SEINEM AUFTRETEN IN EINEM BLAUEN ANZUG FEST. WÜRDEVOLL GENUG, UM IHN NEBEN DEM PRÄSIDENTEN ZU PLAZIEREN.
DER BERATERSTAB RÄT DAVON AB.
STECKT DEN KERL IN 'NEN ANZUG UND DIE LEUTE DENKEN FBI, BANKANGESTELLTER. SIE SEHEN DAS AUSSERGEWÖHNLICHE NICHT. ER MUSS SO EINZIGARTIG AUSSEHEN WIE ER IST.
MICH STÖRT DIE WEISSE KOMBI, IST ZU NICHTSSAGEND.
STIMME ZU.
WIR DÜRFEN DIE HIERMIT EINHERGEHENDE ERWARTUNGSHALTUNG DER MENSCHEN NICHT IGNORIEREN. KLAR KANN MAN SAGEN, ES DIENE DER VERRINGERUNG DES LUFTWIDERSTANDES, DOCH NIEMAND BEDENKT DIE WAHRE WIRKUNG DIESER OUTFITS. SIE ERSCHEINEN VIEL GRELLER, ALS AUF DIESEN ENTWÜRFEN.
DAS HIER IST GANZ NETT.
VERSUCHEN WIR'S DAMIT... DAS GESAMTPAKET ENTHÜLLEN WIR BESSER NACH DER PRESSEKONFERENZ.
"LADIES AND GENTLEMEN, DER PRÄSIDENT DER VEREINIGTEN STAATEN."

DANKE SEHR. NACH EINER KURZEN STELLUNGNAHME WERDE ICH IHRE FRAGEN BEANTWORTEN.
VOR WENIG MEHR ALS ACHTZEHN JAHREN WURDE EIN AUSSERGEWÖHNLICHES KIND GEBOREN. SEINE ELTERN WAREN--
"-- AMERIKANISCHE FORSCHER, DIE WÄHREND SEINER KINDHEIT EINEM FLUGZEUGUNGLÜCK ZUM OPFER FIELEN. WEITERE--"
PASSPORT
-- DETAILS UNTERLIEGEN STRIKTER GEHEIMHALTUNG. DOCH ICH KANN IHNEN VERSICHERN...
"... ER IST GENAUSO AMERIKANISCHER STAATSBÜRGER WIE JEDER IN DIESEM RAUM."
"UND DOCH TRÄGT ER OB SEINES AUSSERGEWÖHNLICHEN WESENS UNGEHEURE VERANTWORTUNG, DIE NICHT ALLEIN SEINEM LANDE ODER IHM SELBST GILT, SONDERN DER GESAMTEN WELT."

"MAN LEHRTE IHN, DIE BRÄUCHE UND TRADITIONEN FREMDER LÄNDER ZU RESPEKTIEREN."
"ZU VERSTEHEN, DASS AMERIKA TEIL EINES BUNDES SOUVERÄNER NATIONEN IST."
NUN HÖR MIR MAL GUT ZU, MAUSE DUMM...
"UND DEN GLAUBEN, ALLES LEBEN SEI GEHEILIGT."
"ER WUCHS ALS BÜRGER DER VEREINIGTEN STAATEN AUF, DOCH ER GEHÖRT DER WELT."
EINE VON LIEBE GEPRÄGTE ERZIEHUNG WURDE IHM ZUTEIL--
"-- DENN NUR DIE GROSSARTIGSTE ALLER SPRACHEN ÜBERWINDET GRENZEN UND EINT NATIONEN, JENE DES HERZENS."
"DU UND MOM, LIEBT IHR EUCH?"
NUN... JA, NATÜRLICH LIEBEN WIR UNS, ICH MEINE... WAS SPRICHT DAGEGEN? ICH--
WARUM FRAGST DU?
NUR, WENN IHR MICH LIEBT UND EUCH AUCH, HÄTTE ICH GRUND ZU BLEIBEN. DANN KÖNNTE ICH AUCH VON DER SACHE MIT DEN WACHEN ABSEHEN.
"ICH MÜSSTE NICHT BLEIBEN. SIE HALTEN MICH NICHT."

ICH BLEIBE WEGEN DIR. UND AUCH WEGEN MOM. WEIL IHR ES MÖCHTET.
WEIL DU SAGST, IHR LIEBT MICH.
UND ICH LIEBE EUCH... GENAU WIE IHR MICH LIEBT.
"LADIES UND GENTLEMEN...
"... BEGRÜSSEN SIE EINEN WAHRHAFT GROSSEN AMERIKANER."
EIN ERSTAUNLICHER JUNGER MANN, BISLANG UNTER DER KENNZEICHNUNG PROJEKT HYPERION BEKANNT--

-- MARK MILTON.
MISTER MILTON... MARK... BEANTWORTEN SIE FRAGEN?
SICHERLICH. PRESSEFREIHEIT IST EINE DER GRUNDLAGEN UNSERER VERFASSUNG.
ICH MAG NICHT ALLE ANTWORTEN AUF IHRE FRAGEN PARAT HABEN, DOCH ICH WERDE MEIN BESTES TUN.

ALSO, WIE WAR ICH?
DU WARST GUT. DEINE NATÜRLICHE PRÄSENZ SORGTE DAFÜR, DASS DIR JEDER AUS DER HAND GEFRESSEN HAT.
EINES TAGES KÖNNTEST DU SELBST DAS HÖCHSTE AMT ANTRETEN, SOFERN DU NATÜRLICH GEZEUGT WURDEST.
ICH MUSS FORT. HABE... DINGE ZU ERLEDIGEN.
BEANTWORTEST DU ZUVOR NOCH EINE FRAGE?
EINE WEITERE?
NUN... NUR NOCH EINE.
WOHER KOMMST DU, MARK?
WIRKLICH?
ICH WEISS NICHT.
ICH WEISS NICHT...

HEY, JASON, WARTET NICHT NOCH 'N CNN-INTERVIEW AUF DICH?
HAB' ABGESAGT.
WIESO? DU BIST DER HELD DER STUNDE. GENIESS ES, SO LANG ES GEHT.
HELD, AM ARSCH. HIMMEL, PIERCE, ER KAM ZU MIR, NICHT UMGEKEHRT. ICH NUTZTE DEN MOMENT, SCHRIEB NUR AUF, WAS ER SAGTE. ICH HAB' IHM DIE BÄLLE NUR SO ZUGESPIELT.
ICH WEISS NICHT... ER TAT MIR IRGENDWIE LEID.
ER TAT DIR LEID? ER IST DAS HEISSESTE EISEN SEIT... EGAL, DEM HEISSESTEN EISEN VON LETZTER WOCHE. GUTAUSSEHEND, TOLLES LÄCHELN, ER FLIEGT EINFACH SO IN DER GEGEND RUM... DIE MÄDELS WERDEN IHN VERGÖTTERN...
DU HAST SEINE AUGEN NICHT GESEHEN. SEIN BLICK. ES WAR, ALS... ALS KÄME ER VON EINEM FREMDEN ORT... TRAURIG. ALLEIN.
DANN FRAGTE ICH IHN "WIE FLIEGST DU?". ER SAGT "ICH WEISS NICHT. SELBST DIE WISSENSCHAFTLER SIND NICHT SICHER. "WIE GEHST DU?"
ICH SAGE "ICH STEHE UND STEIGE ÜBER DEN BODEN." ER SAGT "ICH STEHE UND STEIGE IN DIE LUFT AUF."
ES WAR BEINAHE, ALS TRENNT UNS EINE TIEFE KLUFT, DIE ES MIR UNMÖGLICH MACHT, IHN JE ZU VERSTEHEN... SOWENIG WIE ER MICH JE ZUR GÄNZE BEGREIFEN WIRD...
UNS.
VERFLUCHT, PIERCE, ICH HÄTTE IHM DIE FRAGEN NUR SO UM DIE OHREN SCHMETTERN SOLLEN. ANSTATT IN DIE MITLEIDSTOUR ZU VERFALLEN.
WAR ES 'NE **TOUR**? WAS AUCH IMMER ER IST UND TUT, LETZTENDLICH IST ER EINZIGARTIG. DER JUNGE **IST** ALLEIN. DAS WAR'S, WAS AN DEIN MITGEFÜHL APPELLIERT HAT.
EIN REPORTER DARF NIEMANDES FÜRSPRECHER SEIN. MEIN JOB IST DIE WAHRHEIT. SO WIE ICH'S ANGESTELLT HAB', HÄTT' ICH GLEICH 'NE PRESSE-MITTEILUNG FÜR'S WEISSE HAUS SCHREIBEN KÖNNEN.
REPORTER SEIN HEISST DIE STORY ZU KRIEGEN, PUNKTUM.
WO LIEGT DAS PROBLEM? DU HAST DIE STORY.
ACH JA?

BEVOR ICH MEINE NACHFORSCHUNGEN AUF DIE HYPERION-SPUR BESCHRÄNKTE, VERFOLGTE ICH MELDUNGEN AUS DEM GANZEN LAND, DIE SICH BESONDERS IM SÜDEN HÄUFTEN, BEI GEORGIA.
UND? DU LAGST GOLDRICHTIG. ER TREIBT SICH SEIT JAHREN IM LAND HERUM. DIE RECHERCHE ZAHLTE SICH AUS.
WART'S AB... ICH HABE EBEN EINEN REPORT ÜBER JEMANDEN ODER ETWAS ERHALTEN, DAS SICH ABSURD SCHNELL IN DER GEGEND VON ATLANTA FORTBEWEGTE. IN EXAKT JENEM MOMENT, DA MARK VOR DEN LIFE-KAMERAS IM WEISSEN HAUS STAND.
DIE FRAGE, DIE SICH STELLT, IST, WENN MARK IM WEISSEN HAUS WAR, WER ODER WAS JAGTE MIT MACH 2 DURCH ATLANTAS VORORTE?
HABE ICH DIE STORY? ODER HABE ICH SIE ÜBERSEHEN?
IST HYPERION WIRKLICH ALLEIN?
ES FOLGT: FALSCHE NAMEN

STOP
"DANKE, DASS SIE ZEIT HABEN, GENERAL."
"ICH BITTE SIE, MASON--"

"-- DANKE, DASS SIE KAMEN."

MÖCHTEN SIE EIN GETRÄNK?
NEIN DANKE, GENERAL.
SIND SIE SICHER, DASS ER UNS NICHT HÖRT?
ES BEFINDEN SICH SECHZIG METER DRECK, FELS, BLEI, STAHL UND BETON ZWISCHEN DIESEM BÜRO UND DER AUSSENWELT. NIEMAND KANN UNS BELAUSCHEN, NICHT MAL MARK.
"NUR UM GANZ SICHER ZU GEHEN, ARRANGIERTEN WIR AUCH NOCH, DASS IN SEINER NÄHE EINEM FLUGZEUG DER SPIRIT AUSGEHT.
"DAS WIRD IHN ZUR GENÜGE BESCHÄFTIGEN, BIS WIR FERTIG SIND."
WIR WOLLTEN SIE NUR WISSEN LASSEN, DASS DER PROZESS BEGONNEN HAT. IHRE EXTRAKTION WURDE FÜR DONNERSTAG ANGESETZT.
SO FRÜH? WIR REICHTEN DAS GESUCH GERADE ERST EIN... ICH DACHTE, DAS DAUERT--
SINNLOS, ZU WARTEN. JE WENIGER ZEIT MAN HAT, UM DARÜBER NACHZUDENKEN, UMSO WENIGER GEHT SCHIEF.
NEBENBEI ERGABEN UNSERE UNTERSUCHUNGEN, DASS EIN PLÖTZLICHER VERLUST SEINER ELTERN ZU EINER SCHWIERIGEN ZEIT SEINES LEBENS WIE DER PUBERTÄT BEWIRKEN WÜRDE, DASS MARK DEN STAAT NOCH MEHR ALS SEINE GEISTIGEN ELTERN BETRACHTET--
"-- ES WÜRDE IHM HELFEN ZU VERSTEHEN, DASS ER DEM LAND GEHÖRT, NICHT EINZELNEN PERSONEN ALLEIN."

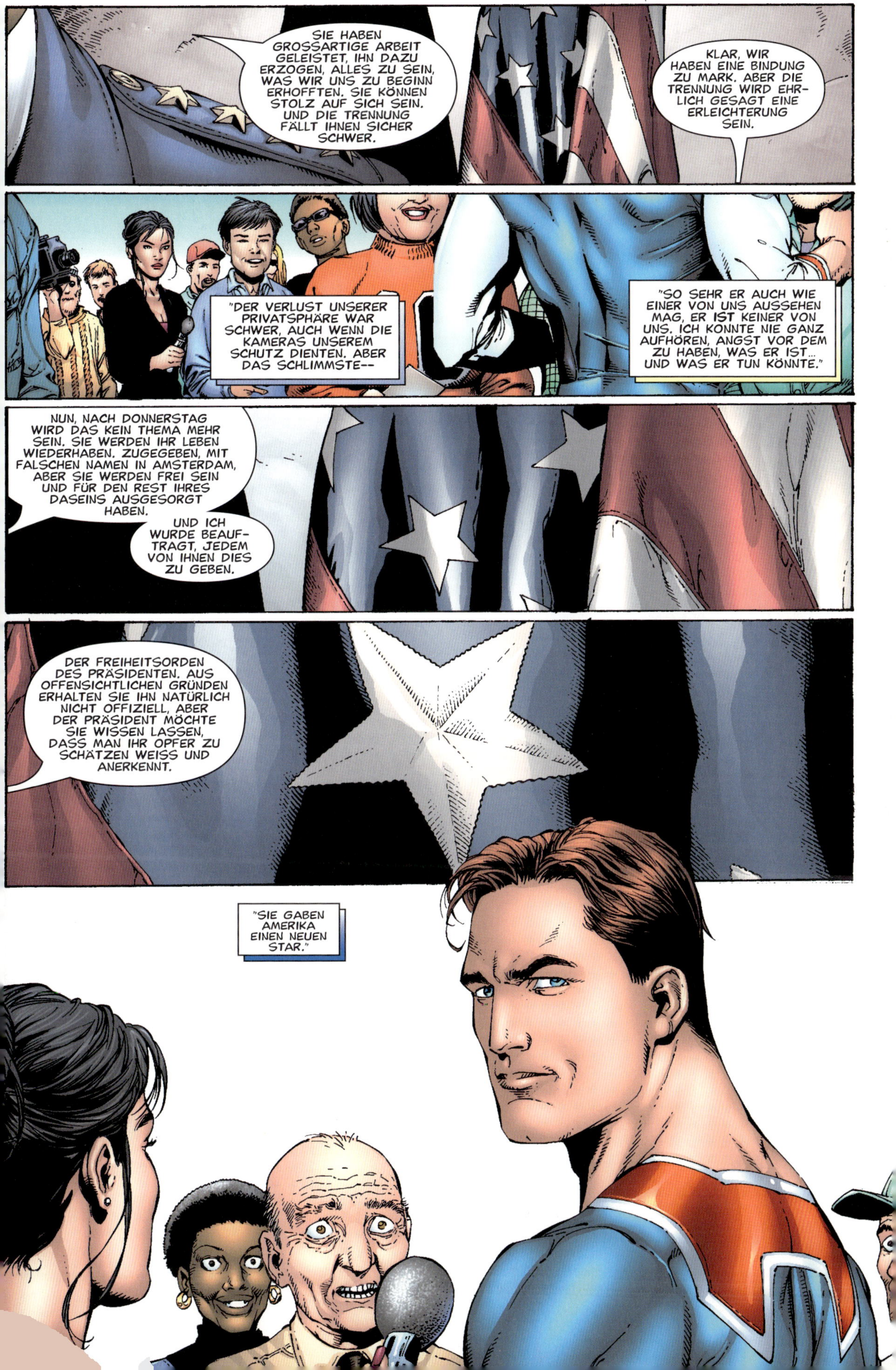
SIE HABEN GROSSARTIGE ARBEIT GELEISTET, IHN DAZU ERZOGEN, ALLES ZU SEIN, WAS WIR UNS ZU BEGINN ERHOFFTEN. SIE KÖNNEN STOLZ AUF SICH SEIN. UND DIE TRENNUNG FÄLLT IHNEN SICHER SCHWER.
KLAR, WIR HABEN EINE BINDUNG ZU MARK. ABER DIE TRENNUNG WIRD EHRLICH GESAGT EINE ERLEICHTERUNG SEIN.
"DER VERLUST UNSERER PRIVATSPHÄRE WAR SCHWER, AUCH WENN DIE KAMERAS UNSEREM SCHUTZ DIENTEN. ABER DAS SCHLIMMSTE--
"SO SEHR ER AUCH WIE EINER VON UNS AUSSEHEN MAG, ER **IST** KEINER VON UNS. ICH KONNTE NIE GANZ AUFHÖREN, ANGST VOR DEM ZU HABEN, WAS ER IST... UND WAS ER TUN KÖNNTE."
NUN, NACH DONNERSTAG WIRD DAS KEIN THEMA MEHR SEIN. SIE WERDEN IHR LEBEN WIEDERHABEN. ZUGEGEBEN, MIT FALSCHEN NAMEN IN AMSTERDAM, ABER SIE WERDEN FREI SEIN UND FÜR DEN REST IHRES DASEINS AUSGESORGT HABEN.
UND ICH WURDE BEAUFTRAGT, JEDEM VON IHNEN DIES ZU GEBEN.
DER FREIHEITSORDEN DES PRÄSIDENTEN. AUS OFFENSICHTLICHEN GRÜNDEN ERHALTEN SIE IHN NATÜRLICH NICHT OFFIZIELL, ABER DER PRÄSIDENT MÖCHTE SIE WISSEN LASSEN, DASS MAN IHR OPFER ZU SCHÄTZEN WEISS UND ANERKENNT.
"SIE GABEN AMERIKA EINEN NEUEN STAR."

-- ENTERTAINMENT TODAY HATTE DAS GROSSE GLÜCK, MARK MILTON SPRECHEN ZU DÜRFEN, AUCH BEKANNT ALS HYPERION. WIR SIND IN NEW YORK, AM SCHAUPLATZ EINER DRAMATISCHEN RETTUNGS-AKTION.
NOK NOK
MR. RICHMOND?
JA?
WIR WURDEN GERADE MIT DEM PAPIERKRAM FERTIG. AB FÜNF UHR KÖNNEN SIE ÜBER IHR GESAMTES ERBE VERFÜGEN. WIR LEGTEN DAS TREUHANDVERMÖGEN AUF DEN REST IHRER AKTIVA UM, UM IHRE LIQUIDITÄT ZU ERHÖHEN. SO KÖNNEN SIE IM BEDARFSFALL IHREN KREDITRAHMEN ERWEITERN UND--
DANKE SEHR.
ES IST ETWAS ÜBER EIN JAHR HER, SEIT MARK DER WELT OFFENBART WURDE, UND WIR WOLLTEN VON IHM WISSEN, WIE SICH DIE WELT SEITHER FÜR IHN VERÄNDERT HAT.
ICH DACHTE NUR, SIE WÜSSTEN GERN--
ICH WEISS, WIEVIEL GELD MEINE FAMILIE HAT, MR. DEVERAUX. ICH KENNE JEDES KONTO, JEDE HOLDING IN ÜBERSEE, ALLE VERFÜGBAREN FONDS. MEIN VATER ARBEITETE HART, PLANTE KLUG UND INVESTIERTE GUT. ICH EHRE DAS, INDEM ICH IMMER INFORMIERT BLEIBE.
LEBENSLÄNGLICH FÜR RASSISTISCHE SCHÜTZEN IM MORDFALL RICHMOND
WIE FÜHLST DU DICH NUN, WENN DU ZURÜCKBLICKST?
ICH WEISS, SIE TUN NUR IHREN JOB, MR. DEVERAUX, ABER TAGE WIE DIESER ERINNERN MICH DARAN, WARUM ICH DIESES ERBE ÜBERHAUPT ERST BEKOMME.
UND WER DARAN SCHULD WAR.

GUT, ABER... WAS BITTE HAT DAS MIT MIR ZU TUN?
NUN, DAS IST EINE SEHR SCHWIERIGE FRAGE, JANE, DIE MAN NICHT SO EINFACH PAUSCHAL BEANT-WORTEN KANN.
VER-GESSEN SIE'S. SIE FINDEN SICHER SELBST DEN WEG RAUS.
NA SCHÖN. SIE WISSEN, WO SIE MICH FINDEN...
ABER DU BIST NUN EIN BERÜHMTER MANN, IST DAS NICHT TOLL?
NUN, ICH SCHÄTZE, ES GAB MIR DIE CHANCE, MICH UM DINGE ZU KÜMMERN, DIE FÜR MICH WICHTIG SIND.
ETWAS ZU BE-WIRKEN. DAFÜR EIN-ZUSTEHEN, WORAN ICH GLAUBE.

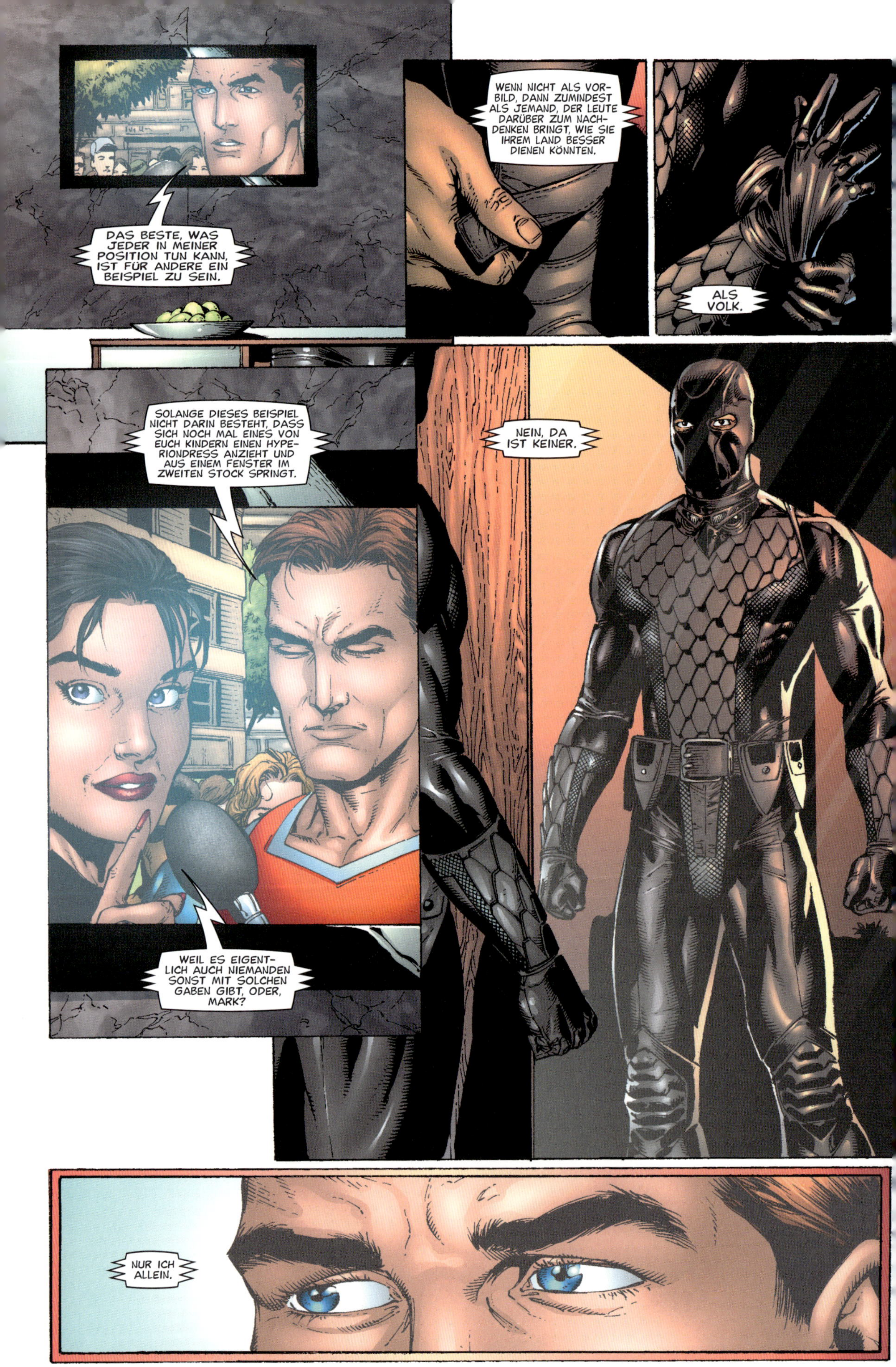
DAS BESTE, WAS JEDER IN MEINER POSITION TUN KANN, IST FÜR ANDERE EIN BEISPIEL ZU SEIN.
WENN NICHT ALS VORBILD, DANN ZUMINDEST ALS JEMAND, DER LEUTE DARÜBER ZUM NACHDENKEN BRINGT, WIE SIE IHREM LAND BESSER DIENEN KÖNNTEN.
ALS VOLK.
SOLANGE DIESES BEISPIEL NICHT DARIN BESTEHT, DASS SICH NOCH MAL EINES VON EUCH KINDERN EINEN HYPERIONDRESS ANZIEHT UND AUS EINEM FENSTER IM ZWEITEN STOCK SPRINGT.
WEIL ES EIGENTLICH AUCH NIEMANDEN SONST MIT SOLCHEN GABEN GIBT, ODER, MARK?
NEIN, DA IST KEINER.
NUR ICH ALLEIN.

-- OH GOTT, OH GOTT, OH GOTT--
EINE SACKGASSE. WIR HABEN SIE, MANN, WIR HABEN--

SCHEISSE, WAS--?
HINTER DIR!
GEH AUS DEM WEG, DU ARSCH--
NEIN.

NEIN.
NEIN!
AAAGGGGHHHHH
NIGHTHAWK
"WIR MÖCHTEN, DASS DU ETWAS FÜR UNS NACHGEHST."

IN DEN LETZTEN JAHREN GAB ES IMMER WIEDER BERICHTE ÜBER DEN ATLANTA BLUR. NIEMAND HAT IHN JE RICHTIG GESEHEN, ABER WAS ES AUCH IST, ES SOLL VERDAMMT FIX SEIN.
SOLL?
IHR KAFFEE IST HEUTE WIRKLICH GUT, ELIZABETH. SEHR GUT.
ICH SAGE SOLL, DA ICH--
-- DA FAST ALLE IM BÜRO GLAUBEN, DASS ES SICH NUR UM EIN HIRNGESPINST HANDELT, ODER UM EINE ART SCHRÄGES NATURPHÄNOMEN, WIE KUGELBLITZE.
UM SICHER ZU GEHEN, SCHICKTEN WIR TROTZDEM EINIGE UNSERER LEUTE HIN.
EINEM GELANG ES, EIN BILD DAVON ZU MACHEN.
SIEHT AUS WIE EIN MENSCH.
WIE EIN MENSCH, JA. ABER ES KÖNNTE AUCH NUR EINE TÄUSCHUNG DER SINNE SEIN, WIE DINGE IN WOLKEN ZU SEHEN.
UND HIER KOMMST DU INS SPIEL, DENN WIR HABEN NICHTS, WAS SCHNELL GENUG WÄRE, ES ZU VERFOLGEN.
KÖNNTE GAR NICHTS SEIN. IST ES VERMUTLICH AUCH. ABER ICH WÄRE BERUHIGTER, WENN ICH ES GANZ SICHER WÜSSTE.

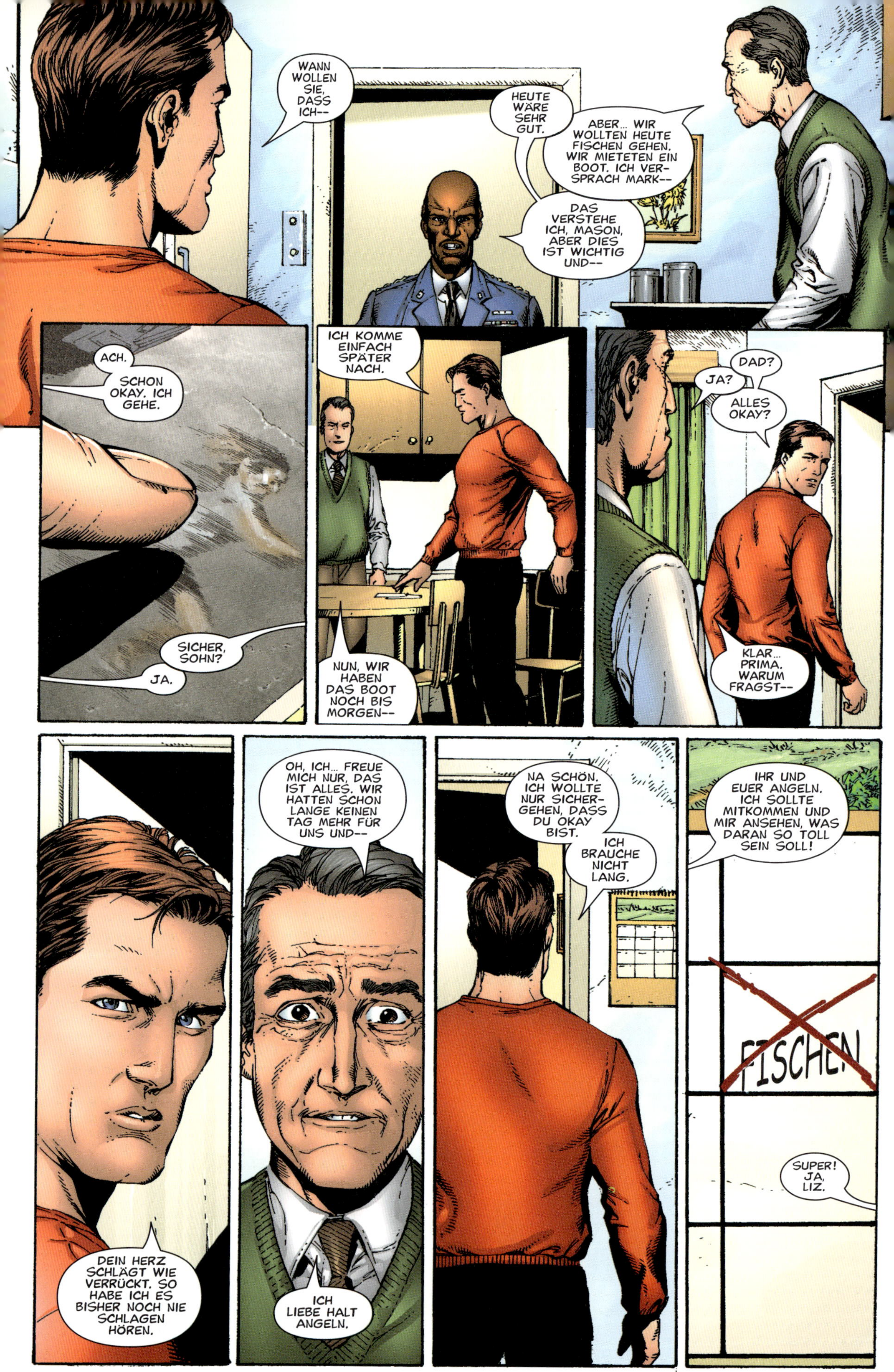
WANN WOLLEN SIE, DASS ICH--
HEUTE WÄRE SEHR GUT.
ABER... WIR WOLLTEN HEUTE FISCHEN GEHEN. WIR MIETETEN EIN BOOT. ICH VERSPRACH MARK--
DAS VERSTEHE ICH, MASON, ABER DIES IST WICHTIG UND--
ACH.
SCHON OKAY. ICH GEHE.
SICHER, SOHN?
JA.
ICH KOMME EINFACH SPÄTER NACH.
NUN, WIR HABEN DAS BOOT NOCH BIS MORGEN--
DAD?
JA?
ALLES OKAY?
KLAR... PRIMA. WARUM FRAGST--
DEIN HERZ SCHLÄGT WIE VERRÜCKT. SO HABE ICH ES BISHER NOCH NIE SCHLAGEN HÖREN.
OH, ICH... FREUE MICH NUR, DAS IST ALLES. WIR HATTEN SCHON LANGE KEINEN TAG MEHR FÜR UNS UND--
ICH LIEBE HALT ANGELN.
NA SCHÖN. ICH WOLLTE NUR SICHERGEHEN, DASS DU OKAY BIST.
ICH BRAUCHE NICHT LANG.
IHR UND EUER ANGELN. ICH SOLLTE MITKOMMEN UND MIR ANSEHEN, WAS DARAN SO TOLL SEIN SOLL!
FISCHEN
SUPER! JA, LIZ.

DU KOMMST MIT.
ICH HÖRTE, DAS WETTER IN AMSTERDAM SOLL UM DIESE JAHRESZEIT TOLL SEIN.

... MEIN GOTT...
DA IST ER JA!

EINE SINNLOS-MISSION. BIS ER DAMIT FERTIG IST, EINEM AMMENMÄRCHEN NACHZUJAGEN, SEID IHR LÄNGST WEG.
UND WIR GEHEN ÜBER ZUR NÄCHSTEN PHASE.

PEACHTREE AVE.
PEACHTREE ST.
PEACHTREE AVE.
PEACHTREE ST.
OWER INC.
WAS ZUM TEUFEL TUT ER DA OBEN?
HONNNNK!
ER RÜHRT SICH JA GAR NICHT...
... PLATZ DA!
SCREEECH!!
... NEIN, DORT OBEN!
BEEP! BEEP! BEEP!
HONK-HONK
... SCHATZ, HOL DIE KAMERA...
WAS MACHT ER DENN...?
WEISS NICH'.

WHHHHIIRRRRRRRRR
PEACHTREE RD
CABBIES

WARTE... ICH WILL NUR REDEN... WER BIST DU?
WARTE!

ICH BIN NICHT...
... DER EINZIGE. ES GIBT--
SIR?
ICH SOLL SIE FINDEN, SIR!
ES GAB EINEN UNFALL.
IHRE ELTERN.

NEIN, SIR, WIR HABEN ÜBERALL GESUCHT, ABER KEINE SPUR VON DEN LEICHEN. WIR GEBEN DIE HOFFNUNG NICHT AUF, DASS SIE VIELLEICHT DOCH NOCH LEBEN, ABER ES SIEHT NICHT SEHR--
KRRRRRRAAAAAAA-
AAAKKTOOOMM!
WAS ZUM--

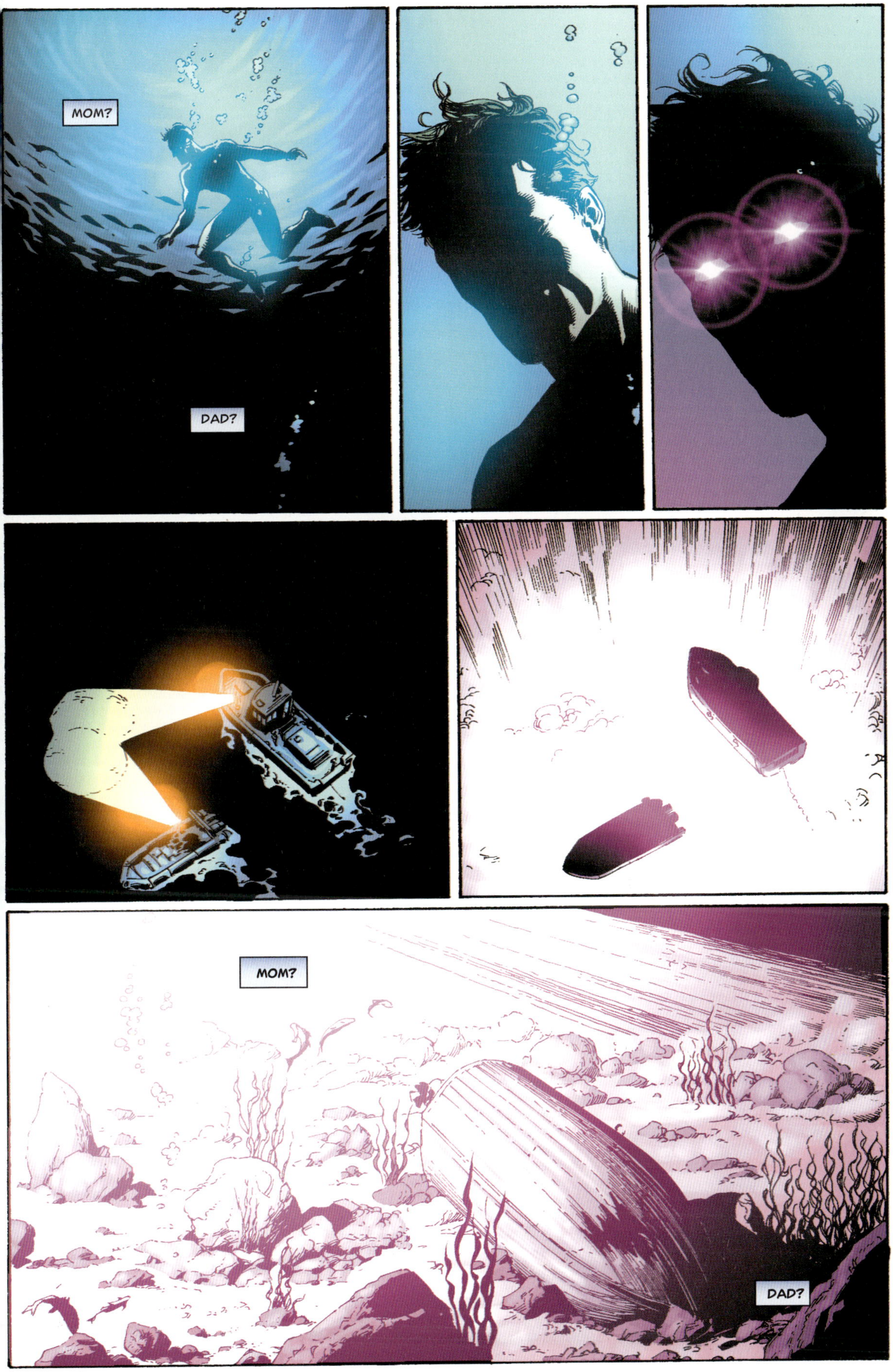
MOM?
DAD?
MOM?
DAD?

AMSTERDAM
TJA, DAS WAR'S DANN WOHL.
JA... SCHEINT SO.
VERSTEH MICH BITTE NICHT FALSCH, ABER ICH HOFFE, ICH SEHE DICH NIE WIEDER.
VERSTEHE ICH. OKAY, DANN MAL CIAO.
CIAO.
ES FOLGT: GIB RICHTIG STOFF

"ICH HOFFE, SIE SIND MIT IHRER UNTERBRINGUNG ZUFRIEDEN, MR. MILTON."
ES IST... SCHÖN. UND GROSS... SEHR, SEHR GROSS.
DIE REGIERUNG MÖCHTE SICH HIERMIT NUR FÜR ALL DAS GUTE ERKENNTLICH ZEIGEN, DAS SIE FÜR IHR LAND GETAN HABEN. UND DAS, WAS SIE NOCH TUN WERDEN. WIR BEZAHLEN SÄMTLICHE RECHNUNGEN: MIETE, TELEFON, NAHRUNG, NEBENKOSTEN--
DAS ALTE HAUS GEFIEL MIR BESSER.
DAS GLAUBE ICH GERNE. MANCH EINER SAGT JA, PATRIOTISMUS WÄRE NICHTS WEITER ALS DIE LIEBE FÜR DAS ESSEN, DAS MAN ALS KIND GENOSS. ABER NACH ALLEM, WAS ZULETZT GESCHAH-- DEM TOD IHRER ELTERN, DIE ERINNERUNGEN...
NUN, DAS WAR DAS MINDESTE...

"ABER SEIEN SIE VERSICHERT, DASS WIR IHR ALTES ZUHAUSE IN DEM ZUSTAND BELASSEN, IN DEM ES ZULETZT WAR-- UNBERÜHRT, SOLANGE SIE DAS SO WOLLEN.
"ALS ZEICHEN DES TIEFEN RESPEKTS FÜR ALL DIE OPFER, DIE SIE UND IHRE ELTERN ERBRACHTEN."
DAS IST MIT SICHERHEIT DAS BESTE OBJEKT, DAS MEINE FIRMA VERWALTET. MIT 360°-RUNDBLICK, EIGENEM HAUSHÄLTER-STAB... IHR PRIVATAUFZUG VOM ERDGESCHOSS BIS HIER HINAUF WURDE NEU EINGERICHTET--
EIN PRIVATAUFZUG.
WIR DACHTEN, SIE WOLLEN IHRE RUHE.
IHNEN IST DOCH KLAR, DASS DIE GANZE WELT SIE NUN KENNT. EINE ZEIT LANG IST DAS SICHER TOLL, SICH UNTER DIE LEUTE ZU MISCHEN. ABER SIE WERDEN BALD SEHEN, DIE MENSCHEN WERDEN SIE UM GEFALLEN BITTEN. MAN WIRD SIE AUSNUTZEN. DANN WISSEN SIE IHRE PRIVATSPHÄRE ZU SCHÄTZEN.
SO KANN SIE VOM ERDGESCHOSS AUS NIEMAND ERREICHEN. MAN MÜSSTE SCHON FLIEGEN...
UND DAS GEHT JA WOHL KAUM.
WISSEN SIE, ICH HABE DARÜBER NACHGEDACHT. UND ICH WILL EINES MEHR ALS ALLES ANDERE--
SAGEN SIE ES.
ICH... MÖCHTE EIN NORMALES LEBEN FÜHREN.
ABER DAS IST NICHT MÖGLICH, MARK. ICH MEINE, SIE SIND NUN MAL NICHT WIE DIE ANDEREN, UND ES KENNT SIE WIRKLICH JEDER--
ICH WEISS, ABER ICH DACHTE MIR, ICH KÖNNTE IRGENDWO EINE STELLE ANNEHMEN. KEINER MUSS WISSEN, WER ICH BIN
... WENN ICH DIE HIER TRAGE.

UND...?
WAS DENKEN SIE?
ÄHHHMM...
... HMMMM...
... NEIN.
ZUDEM HABEN SIE BEREITS EINEN JOB, MARK. SIE SIND EIN HELD. EIN SYMBOL FÜR DAS GANZE LAND. EIN VORBILD. DAS SIND DREI VOLLZEIT-JOBS AUF EINMAL.
ABER--
IHRE AUFGABE IST ES, MENSCHEN ZU HELFEN, LEBEN ZU RETTEN, UND IHREM LAND ZU DIENEN, FALLS DIE REGIERUNG SIE BRAUCHT. DEN REST MACHEN WIR.
HIER IST MEINE KARTE. WENN SIE ET-WAS BRAUCHEN, IRGENDWAS, RUFEN SIE AN. VIEL SPASS IN IHREM NEUEN ZUHAUSE.
"KANNST DU DIR VOR-STELLEN, WIE DAS IST, WENN MAN JAHRELANG IM EIGENEN KOPF GEFANGEN IST?"

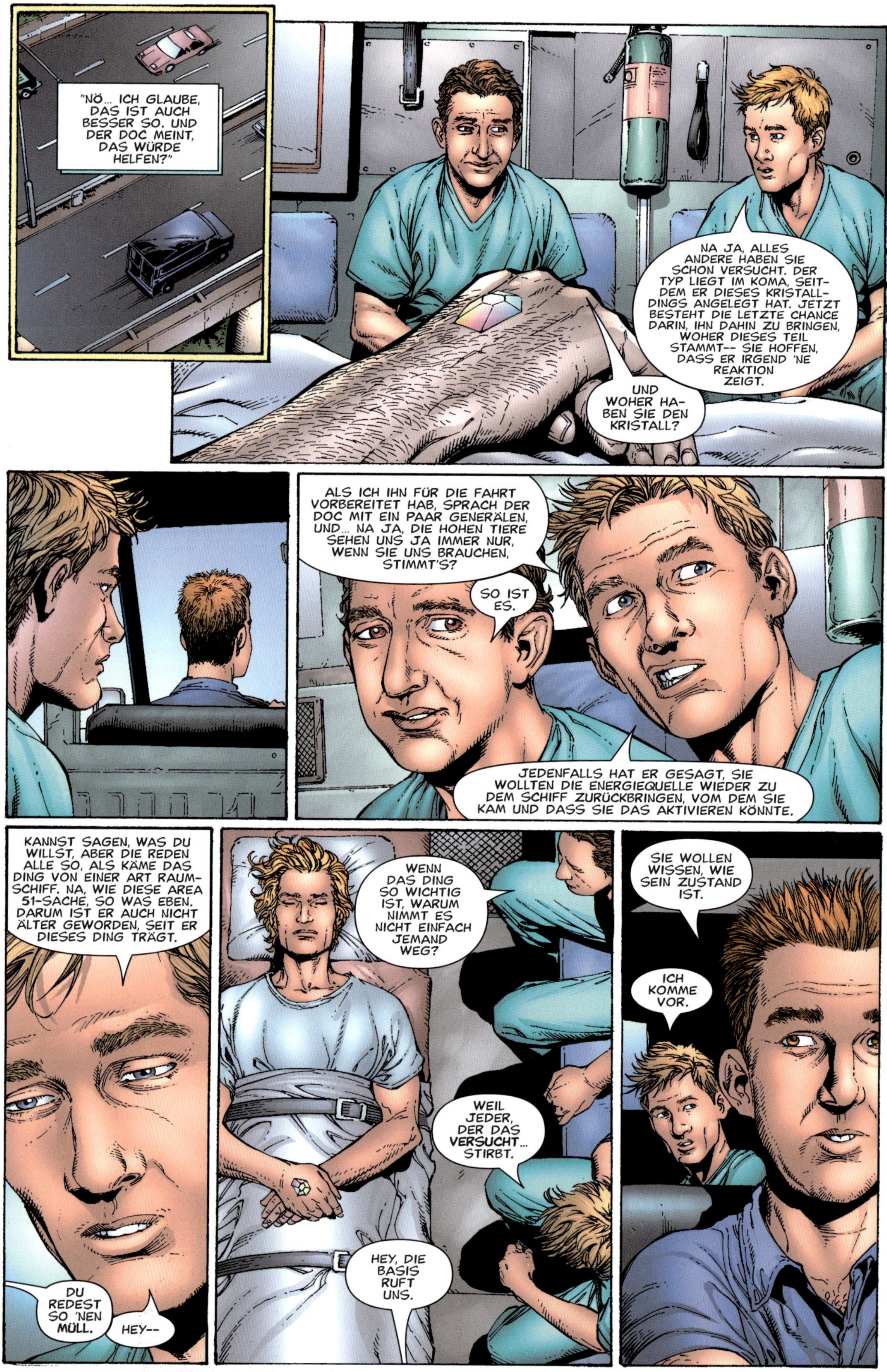
"NÖ... ICH GLAUBE, DAS IST AUCH BESSER SO. UND DER DOC MEINT, DAS WÜRDE HELFEN?"
NA JA, ALLES ANDERE HABEN SIE SCHON VERSUCHT. DER TYP LIEGT IM KOMA, SEITDEM ER DIESES KRISTALLDINGS ANGELEGT HAT. JETZT BESTEHT DIE LETZTE CHANCE DARIN, IHN DAHIN ZU BRINGEN, WOHER DIESES TEIL STAMMT-- SIE HOFFEN, DASS ER IRGEND 'NE REAKTION ZEIGT.
UND WOHER HABEN SIE DEN KRISTALL?
ALS ICH IHN FÜR DIE FAHRT VORBEREITET HAB, SPRACH DER DOC MIT EIN PAAR GENERÄLEN, UND... NA JA, DIE HOHEN TIERE SEHEN UNS JA IMMER NUR, WENN SIE UNS BRAUCHEN, STIMMT'S?
SO IST ES.
JEDENFALLS HAT ER GESAGT, SIE WOLLTEN DIE ENERGIEQUELLE WIEDER ZU DEM SCHIFF ZURÜCKBRINGEN, VOM DEM SIE KAM UND DASS SIE DAS AKTIVIEREN KÖNNTE.
KANNST SAGEN, WAS DU WILLST, ABER DIE REDEN ALLE SO, ALS KÄME DAS DING VON EINER ART RAUMSCHIFF. NA, WIE DIESE AREA 51-SACHE, SO WAS EBEN. DARUM IST ER AUCH NICHT ÄLTER GEWORDEN, SEIT ER DIESES DING TRÄGT.
DU REDEST SO 'NEN MÜLL.
HEY--
WENN DAS DING SO WICHTIG IST, WARUM NIMMT ES NICHT EINFACH JEMAND WEG?
WEIL JEDER, DER DAS VERSUCHT... STIRBT.
HEY, DIE BASIS RUFT UNS.
SIE WOLLEN WISSEN, WIE SEIN ZUSTAND IST.
ICH KOMME VOR.

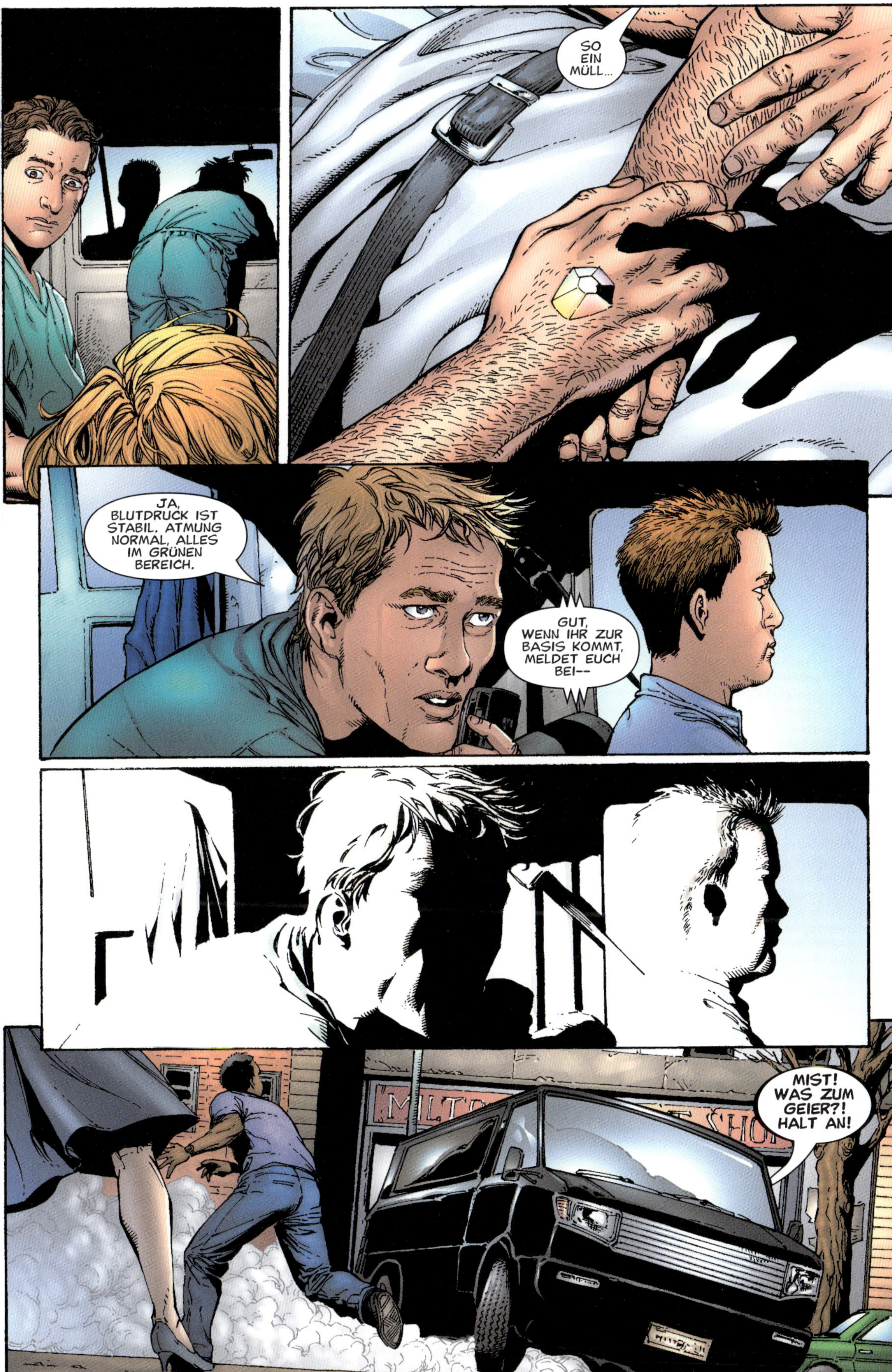
SO EIN MÜLL...
JA, BLUTDRUCK IST STABIL. ATMUNG NORMAL, ALLES IM GRÜNEN BEREICH.
GUT, WENN IHR ZUR BASIS KOMMT, MELDET EUCH BEI--
MIST! WAS ZUM GEIER?! HALT AN!

NICK? WAS ZUR HÖLLE HAST DU--?
OH GOTT-- OH NEIN GOTT, GOTT, GOTT--
"DER WAGEN MIT LEDGER SOLLTE BALD HIER SEIN. ICH ERWARTE BEIM TRANSPORT KEINERLEI PROBLEME."
GUT. SOBALD JOE WIEDER AUF DEN BEINEN IST, HABEN WIR ZWEI WAFFEN ZUR VERFÜGUNG. EINE ALLEIN WÜRDE UNS SCHON GENÜGEN, ABER JOES MILITÄRKARRIERE... WIR WISSEN, DASS ER BEFEHLE BEFOLGT. DER ANDERE... ICH WEISS NICHT.

MARK IST UNBERECHENBAR, GANZ RECHT. DOCH SEINE AUFZUCHT WAR ERFOLGREICH. ER IST GEFÜGIG, BEDACHT, RESPEKTVOLL--
ER IST ABER KEIN MENSCH.
UND DAS HEISST FÜR MICH: KOMPLETT ANDERE SPIELREGELN, WAS SEINE LOYALITÄT ANGEHT. ES MUSS VIEL PASSIEREN, EHE ICH IHM VERTRAUE.
DARUM IST ES AUCH SO WICHTIG, DASS JOE WIEDER AUF DIE BEINE KOMMT. FALLS WIR EIN PROBLEM MIT MARK BEKOMMEN, MÖCHTE ICH JEMANDEN HABEN, DER IHN AUFHALTEN KANN.
NUN, ES GIBT NOCH DEN ATLANTA BLUR.
JA, SICHER.
SIE GLAUBEN NICHT AN DIE GESCHICHTEN?
DOC, KAUM WUSSTEN DIE LEUTE ÜBER MARK BESCHEID, WOLLTE SCHON JEDER HINZ UND KUNZ ETWAS UNGEWÖHNLICHES GESEHEN HABEN. JEDER WILL ZUR PARTY EINGELADEN WERDEN, VERSTEHEN SIE?
DOKTOR? DOKTOR ADAMS? ES GAB EIN... KLEINES PROBLEM.
WIR HABEN DIE CIA, DIE NSA, DAS FBI UND ALLE ANDEREN AUF DIESE MELDUNGEN ANGESETZT. OHNE ERGEBNIS. GÄBE ES WIRKLICH JEMANDEN IM SÜDEN, DER SO SCHNELL IST WIE DIESER BLUR--
-- UND WENN DAS NICHT DER MIESESTE NAME IST, DEN MAN SICH AUSDENKEN KONNTE, DANN WEISS ICH'S NICHT--
-- HÄTTEN WIR IHN GEFUNDEN, GANZ SICHER.
"UND WENN WIR IHN MIT DEN MITTELN, ÜBER DIE WIR VERFÜGEN, NICHT FANDEN, SCHAFFT DAS NIEMAND."
NOK NOK
EINEN MOMENT...

MRS. STEWART?
JA?
MRS. ABIGAIL STEWART?
GANZ RECHT.
HÖREN SIE, JUNGER MANN, NEHMEN SIE'S NICHT PERSÖNLICH, ABER ICH HABE MEHR BIBELN ALS ICH BRAUCHEN KANN.
WIR WOLLEN IHNEN KEINE BIBELN VERKAUFEN, MRS. STEWART.
DARF ICH ABIGAIL SAGEN?
ICH HEISSE BILL GARETH, DAS IST TOM HENDERSON. WIR WOLLEN ZU IHREM SOHN STANLEY.
ICH WEISS, MAN SOLLTE HEUTZUTAGE VORSICHTIG SEIN, WEN MAN IN SEIN HAUS LÄSST, ABER ICH KANN IHNEN VERSICHERN, WIR WOLLEN NUR HELFEN.
OH, DESWEGEN MACHE ICH MIR KEINE SORGEN, MEINE HERREN. KOMMEN SIE DOCH REIN. ES IST HEUTE WIRKLICH WARM, NICHT WAHR?
DAS IST ES. DANKE, MRS. STEWART.
UND NENNEN SIE MICH ABBY.
DANKE. SAGEN SIE, HÖREN SIE WAS?
NUR DER WIND. DER BLÄST HIER EIGENTLICH STÄNDIG.

ICH MACHE EIN WENIG LIMONADE. MÖCHTEN DIE HERREN AUCH EIN GLAS?
DAS WÄRE PRIMA, MA'AM. DANKE.
TOM... SIEH MAL HIER.
FÄLLT DIR WAS AUF?
1ST
2nd
TRACK FIELD GRADE 6
GRADE 7 1ST
JA... SCHEINBAR WURDE ER IMMER LANGSAMER.
SIEHT SO AUS. ABER VIELLEICHT NUR SCHEINBAR.
JEFFERSON HIGH 4th PLACE
VIEL-LEICHT WURDE ER NUR KLÜ-GER.
BITTE SEHR, DIE HERREN.
DANKE. SCHÖN, DASS ES SOLCHE GASTFREUND-SCHAFT NOCH GIBT.
WIR SIND, WAS UNSERE MANIEREN AUS UNS MACHEN, NICHT?
NUR ZWEI GLÄSER? WAS IST MIT IHNEN?
ICH HABE ETWAS TEEWASSER AUFGESETZT. DAS DAUERT.
NUN, SAGEN SIE MIR, WAS SIE VON STANLEY WOLLEN.
ABBY, WIR WOLLEN IHNEN KEINE SORGEN MACHEN, DENN OFFEN-BAR LEGEN SIE GROSSEN WERT DARAUF, DIES GEHEIM-ZUHALTEN.
UND DAS RESPEKTIEREN WIR. WIR HABEN GROSSEN RESPEKT DAVOR.
ABER WIR WISSEN BESCHEID. WIR WISSEN, DASS IHR STANLEY DER SOGENANNTE 'BLUR' IST.
FWWWWEEEEEEEEEEEEEE

FWEEEEEEEEEEEEEEEEEEEEEE!
ALSO, DAS MUSS EINE DER DÜMMSTEN--
ES WÄRE WIRKLICH VÖLLIG SINNLOS, ES ABZUSTREITEN, ABBY. WIR KONNTEN EINE REIHE VON HOCHGESCHWINDIGKEITSKAMERAS AN JENEN ORTEN AUFSTELLEN, AN DENEN BLUR MEHRFACH GESEHEN WURDE.
OFFENBAR NIMMT ER GERNE WENIG GENUTZTE PFADE, WAS SEHR KLUG IST, DA ER DORT KAUM GESEHEN WIRD ODER KOLLISIONEN MIT ANDEREN VERMEIDET.
UNSERE LEUTE HABEN DAS BILD DIGITAL BEARBEITET, UM SO VIELE INFORMATIONEN WIE MÖGLICH HERAUSZUHOLEN, UND--
NUN, DAS IST IHR SOHN, NICHT WAHR, ABBY? ABER KEINE ANGST, WIR--
SOLLTEN SIE DEN KESSEL NICHT RUNTERNEHMEN?
JA, DAS HÄTTE ICH AUCH.
WENN IHR BEIDEN EIN PROBLEM GEWESEN WÄRT.
BESSER ALS JEDE ALARMANLAGE DER WELT, FINDET IHR NICHT?
VRROOOOOOOOOM
OH-OH--
AAAGHHH!
HALT! HÖREN SIE MIR ZU!
AU!

WER
SEID
IHR?
WAS
WOLLT
IHR?
WER
SCHICKT
EUCH?
UND
FÜR
WEN
ARBEITET
IHR?
NIEMAND HAT UNS GESCHICKT. WIR WOLLEN NIEMANDEM ETWAS TUN. WIR SIND AGENTEN, GLAUBEN SIE--
-- MIR?
SIE HABEN FÜNF MINUTEN. NUTZEN SIE SIE.
OKAY, SECHS.
ICH MUSS HIER ERST MAL AUFRÄUMEN.
UND OB, JUNGE.

"IHNEN IST ALSO NUN KLAR, DASS WIR KEINE TALENTSUCHER SIND, SONDERN BUCHUNGS-AGENTEN?"
WO IST DER UNTER-SCHIED?
EIN TALENT-SUCHER SUCHT AUFTRÄGE FÜR SIE, UND SIE ARBEITEN FÜR IHR GELD. EIN BUCHUNGSAGENT BESCHAFFT IHNEN GELD FÜR IHRE NATÜR-LICHEN TALENTE.
WIR REDEN VON PRODUKT-BEWERBUNG, FIRMEN-SPONSOREN-SCHAFTEN, DIE GANZE PALETTE.
FIRMEN BEZAHLEN ATHLETEN UND SCHAUSPIELER UND BERÜHMT-HEITEN DAFÜR, DASS MAN SIE MIT IHREM NAMEN VERBINDET. DAFÜR, DASS SIE IHRE KLEIDER TRAGEN, IHR WERBEBANNER ZUR SCHAU STELLEN--
DIE FIRMEN ABER UNTER-STÜTZEN IHRE AKTIVITÄTEN UND LASSEN SIE IN RUHE.
FÜR GELD.
ICH MUSS ALSO GAR NICHTS TUN, EIGENTLICH NUR ATMEN, UND SIE BEZAHLEN MICH.
GANZ GENAU.
GANZ NETT, WENN DAS KLAPPT.
WARUM NICHT?
SEITDEM MARK MILTON AN DIE ÖFFENTLICHKEIT TRAT, SUCHT JEDER NACH DEM NÄCHSTEN, DER SO IST WIE ER. DENN ES MUSS MEHR ALS NUR EINEN GEBEN, RICHTIG?
MARK BEKOMMT ALLE UNTER-STÜTZUNG, DIE ER BRAUCHT, VON SEITEN DER REGIERUNG. ER BRAUCHT ALSO KEINE SPONSOREN. ANDERE GROSSE FIRMEN WÜRDEN SICH FÜR JEMANDEN WIE SIE ALS SPRECHER ÜBERSCHLAGEN. DIESE COLADOSE ZUM BEISPIEL, DIE SIE DA HALTEN--
NIX DA.
ICH MACH KEINE WERBESPOTS.
MÜSSEN SIE NICHT. MAN BRÄUCHTE NUR EIN BILD, WO SIE SIE HALTEN.
SO ETWA?
NUN, MAN MÜSSTE DAS LABEL SEHEN.
UND WIE VIEL WÜRDE MIR DAS BRINGEN?

EINE HALBE MILLION.
ALLEIN IM ERSTEN JAHR. DAZU KÄMEN ZEHN PROZENT ANSTIEG FÜR JEDES DARAUFFOLGENDE JAHR UND ZWÖLF PROZENT ZUZAHLUNG FÜR JEDES PRODUKT, DAS MIT IHREM KONTERFEI BEWORBEN WIRD. ALSO... NOCH MAL EIN-, ZWEIHUNDERTTAUSEND PRO JAHR.
UND SO VIEL CQ COLA, WIE SIE HABEN WOLLEN.
UND DAS WÄRE NUR *EIN* SPONSOR.
EINE HALBE MILLION BRUTTO ODER NETTO?
GANZ WIE SIE ES **WOLLEN**, STANLEY.
WIR KÖNNEN FÜR SIE SPONSORENVERTRÄGE MIT AUTOFIRMEN, REIFENHERSTELLERN ODER STROMVERSORGERN ABSCHLIESSEN-- ODER WERBEKONTRAKTE FÜR EIN PRODUKT IHRER WAHL.
SIE KÖNNTEN NOCH IMMER IHRE ZEIT DAMIT VERBRINGEN, WAS SIE GERNE TUN. SIE MÜSSTEN NUR **SEIN.**
NEBENBEI... WIR WISSEN, SIE BEFINDEN SICH NOCH IM VORSTUDIUM-- HATTEN SIE SCHON GENAUE BERUFSPLÄNE?
STANLEY HIER WOLLTE EIGENTLICH EIN HELD WERDEN. NICHT WAHR, STANLEY?
JA. ICH WOLLT' DICH STOLZ MACHEN, MAMI. WUSSTE NICH', DASS MAN DAVON LEBEN KANN.
ER WILL EIN HELD WERDEN.
DAS GIBT NOCH MAL LOCKER FÜNFZEHN, ZWANZIG PROZENT MEHR.
LOCKER.
"ERHÖHEN SIE DIE BIOELEKTRISCHE STROMSTÄRKE NOCH EINMAL UM ZWANZIG PROZENT.

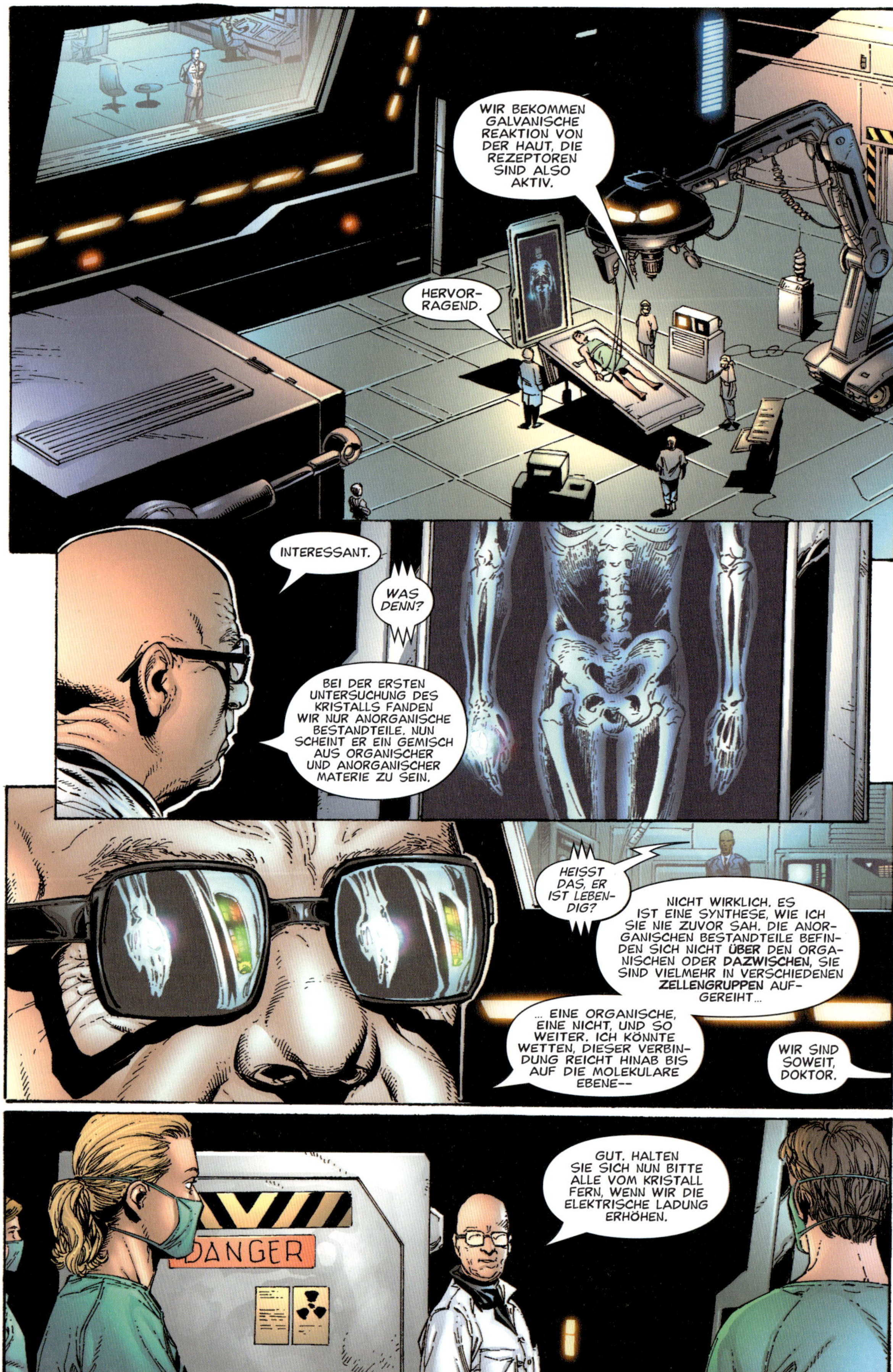
WIR BEKOMMEN GALVANISCHE REAKTION VON DER HAUT, DIE REZEPTOREN SIND ALSO AKTIV.
HERVOR-RAGEND.
INTERESSANT.
WAS DENN?
BEI DER ERSTEN UNTERSUCHUNG DES KRISTALLS FANDEN WIR NUR ANORGANISCHE BESTANDTEILE. NUN SCHEINT ER EIN GEMISCH AUS ORGANISCHER UND ANORGANISCHER MATERIE ZU SEIN.
HEISST DAS, ER IST LEBEN-DIG?
NICHT WIRKLICH. ES IST EINE SYNTHESE, WIE ICH SIE NIE ZUVOR SAH. DIE ANOR-GANISCHEN BESTANDTEILE BEFIN-DEN SICH NICHT **ÜBER** DEN ORGA-NISCHEN ODER **DAZWISCHEN**, SIE SIND VIELMEHR IN VERSCHIEDENEN **ZELLENGRUPPEN** AUF-GEREIHT...
... EINE ORGANISCHE, EINE NICHT, UND SO WEITER. ICH KÖNNTE WETTEN, DIESER VERBIN-DUNG REICHT HINAB BIS AUF DIE MOLEKULARE EBENE--
WIR SIND SOWEIT, DOKTOR.
DANGER
GUT. HALTEN SIE SICH NUN BITTE ALLE VOM KRISTALL FERN, WENN WIR DIE ELEKTRISCHE LADUNG ERHÖHEN.

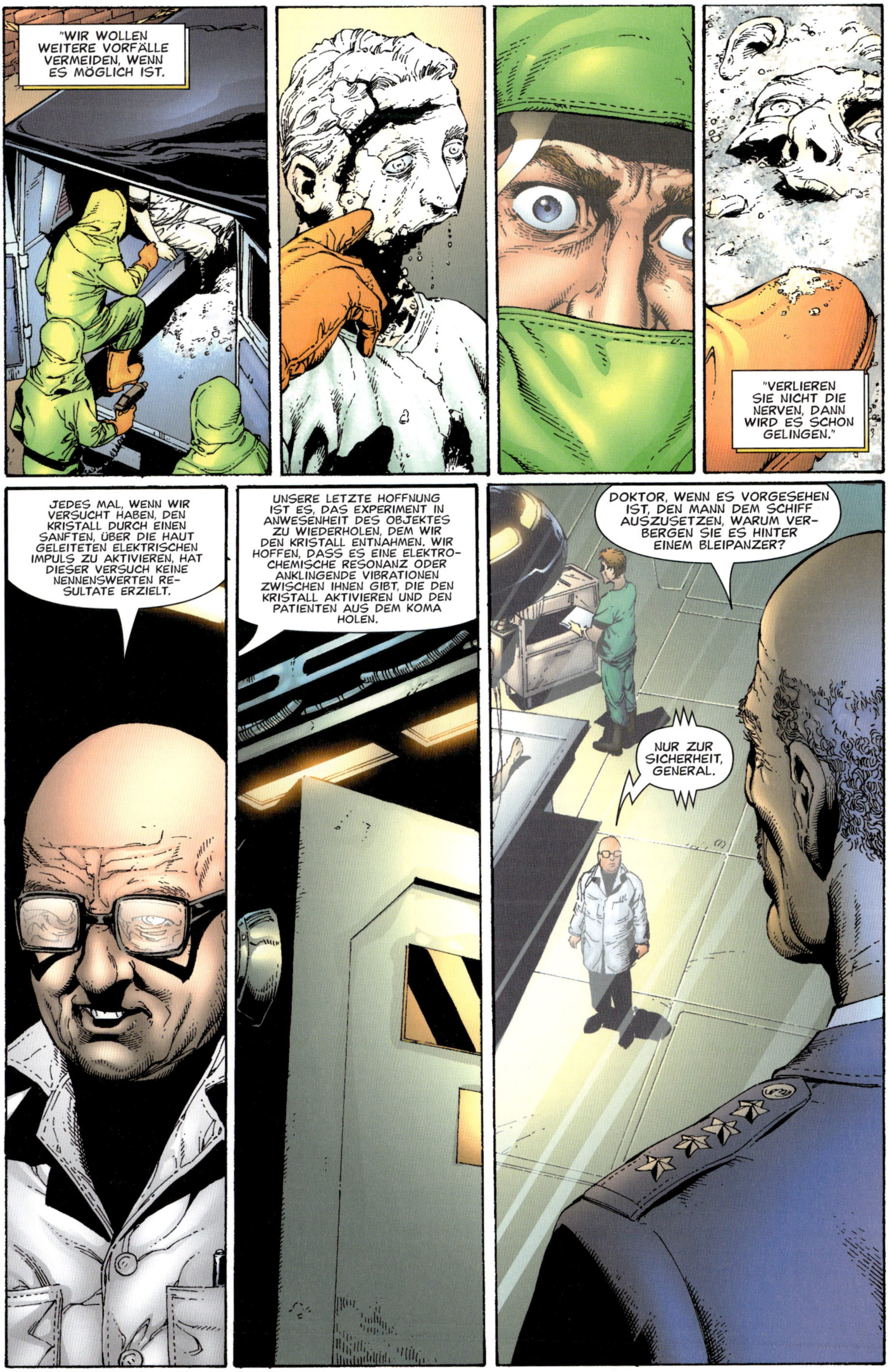
"WIR WOLLEN WEITERE VORFÄLLE VERMEIDEN, WENN ES MÖGLICH IST.
"VERLIEREN SIE NICHT DIE NERVEN, DANN WIRD ES SCHON GELINGEN."
JEDES MAL, WENN WIR VERSUCHT HABEN, DEN KRISTALL DURCH EINEN SANFTEN, ÜBER DIE HAUT GELEITETEN ELEKTRISCHEN IMPULS ZU AKTIVIEREN, HAT DIESER VERSUCH KEINE NENNENSWERTEN RESULTATE ERZIELT.
UNSERE LETZTE HOFFNUNG IST ES, DAS EXPERIMENT IN ANWESENHEIT DES OBJEKTES ZU WIEDERHOLEN, DEM WIR DEN KRISTALL ENTNAHMEN. WIR HOFFEN, DASS ES EINE ELEKTROCHEMISCHE RESONANZ ODER ANKLINGENDE VIBRATIONEN ZWISCHEN IHNEN GIBT, DIE DEN KRISTALL AKTIVIEREN UND DEN PATIENTEN AUS DEM KOMA HOLEN.
DOKTOR, WENN ES VORGESEHEN IST, DEN MANN DEM SCHIFF AUSZUSETZEN, WARUM VERBERGEN SIE ES HINTER EINEM BLEIPANZER?
NUR ZUR SICHERHEIT, GENERAL.

"DENN WIE WIR SAHEN, GIBT ES BEI DIESEM PROZESS VERSCHIEDENE BELASTUNGSSTUFEN, SOWIE VERSCHIEDENE EBENEN DER GEFÄHRDUNG. ICH MÖCHTE DIESEN SCHRITT ERST MACHEN, WENN ES SICH ABSOLUT NICHT MEHR VERMEIDEN LÄSST.
ICH HAB' SEINE NASE HIER RUNTER GEKICKT... NA LOS, NUN HILF MIR DOCH MAL...
ALSO.
TRETEN SIE AUFS GAS.
ZZZZZZRRRR
WIR SIND BEI MAXIMALEM ELEKTRISCHEN AUSSTOSS, GENERAL. NOCH MEHR UND WIR RÖSTEN SEINE SYNAPSEN.
NUN WARTEN WIR.
-- WAS HAT SPASSVOGEL JIM CARREY ALS NÄCHSTES VOR? CHRIS MITCHELL, UNSER MANN FÜR DIE STARS, TRAF SICH MIT AMERIKAS BELIEBTESTEM KOMIKER IN DESSEN LIEBLINGS-RESTAURANT--

DOC...
UNVERÄNDERT. WIR KÖNNEN DIE ELEKTRISCHEN IMPULSE NOCH UM ZEHN PROZENT VERSTÄRKEN, ABER--
DOC...
... JOE LEDGER IST EINER MEINER BESTEN MÄNNER. ER GING AN ORTE, AN DIE SICH DIE MEISTEN MÄNNER FÜR ALLES GELD IN FORT KNOX NICHT WAGEN WÜRDEN. DIES IST SEINE LETZTE CHANCE. UND WIR WERDEN SIE WAHRNEHMEN.
ES IST ZEIT. UND ES IST NÖTIG.
ALSO GUT. IHR HABT ES GEHÖRT. FAHRT DAS SCHILD ZURÜCK.
WHIRRRRRRRRR

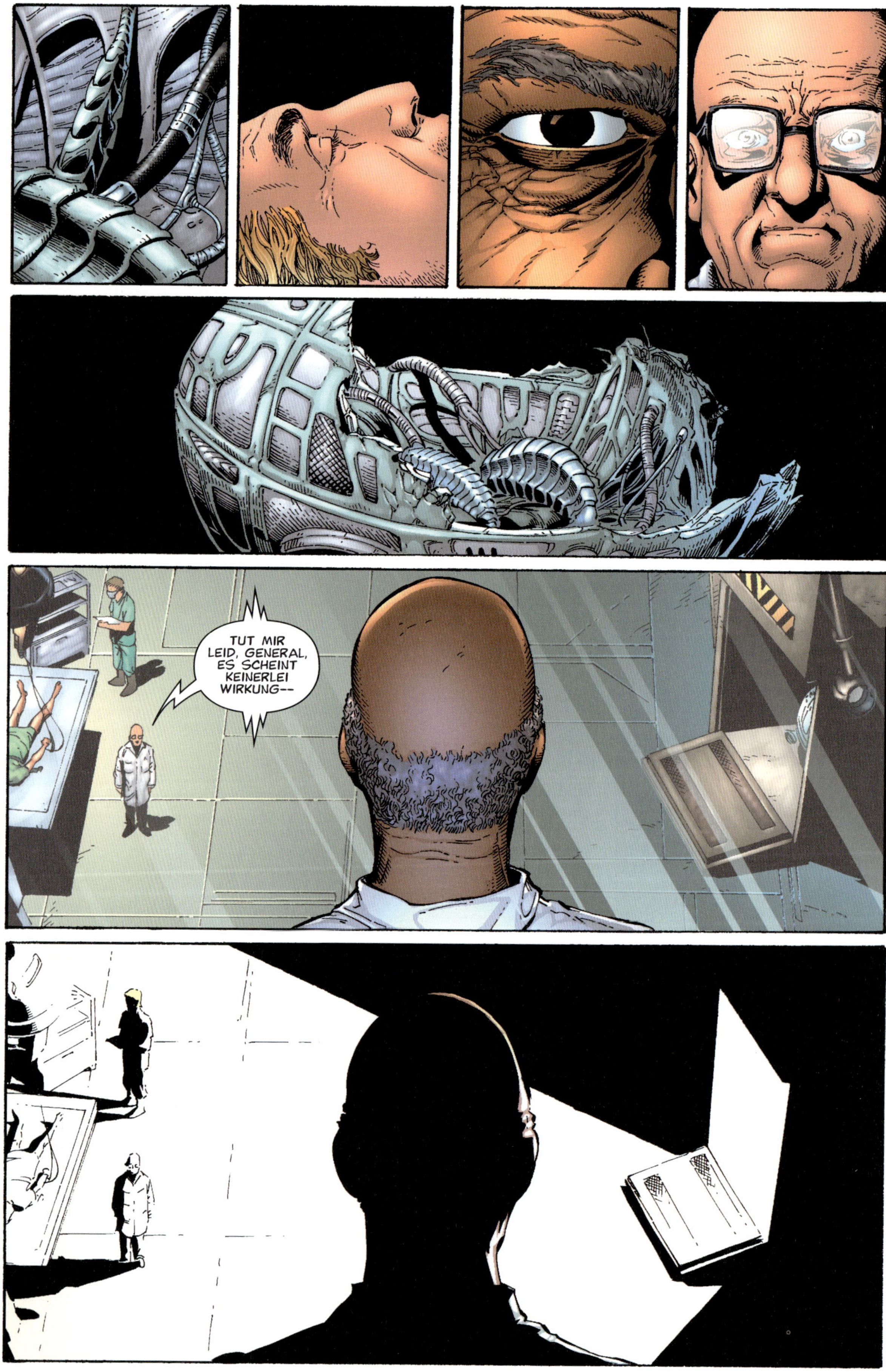
TUT MIR LEID, GENERAL, ES SCHEINT KEINERLEI WIRKUNG--

TJA.
ES HAT FUNK-TIONIERT, GENERAL.
"NEIN, SIR. WIR WISSEN NICHT, WO ER IST. NOCH NICHT."

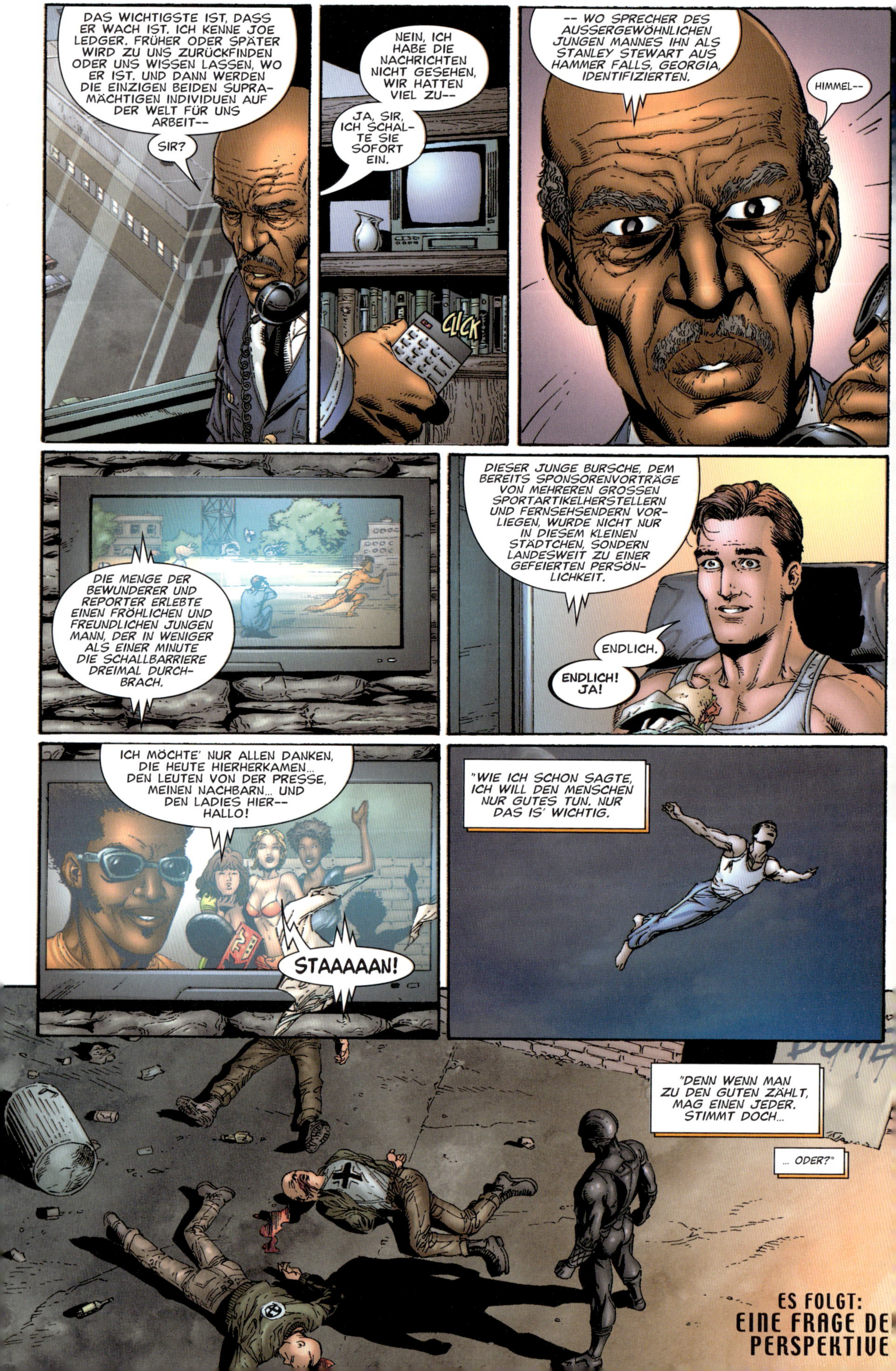
DAS WICHTIGSTE IST, DASS ER WACH IST. ICH KENNE JOE LEDGER. FRÜHER ODER SPÄTER WIRD ZU UNS ZURÜCKFINDEN ODER UNS WISSEN LASSEN, WO ER IST. UND DANN WERDEN DIE EINZIGEN BEIDEN SUPRA-MÄCHTIGEN INDIVIDUEN AUF DER WELT FÜR UNS ARBEIT--
SIR?
NEIN, ICH HABE DIE NACHRICHTEN NICHT GESEHEN, WIR HATTEN VIEL ZU--
JA, SIR, ICH SCHALTE SIE SOFORT EIN.
CLICK
-- WO SPRECHER DES AUSSERGEWÖHNLICHEN JUNGEN MANNES IHN ALS STANLEY STEWART AUS HAMMER FALLS, GEORGIA, IDENTIFIZIERTEN.
HIMMEL--
DIE MENGE DER BEWUNDERER UND REPORTER ERLEBTE EINEN FRÖHLICHEN UND FREUNDLICHEN JUNGEN MANN, DER IN WENIGER ALS EINER MINUTE DIE SCHALLBARRIERE DREIMAL DURCHBRACH.
DIESER JUNGE BURSCHE, DEM BEREITS SPONSORENVORTRÄGE VON MEHREREN GROSSEN SPORTARTIKELHERSTELLERN UND FERNSEHSENDERN VORLIEGEN, WURDE NICHT NUR IN DIESEM KLEINEN STÄDTCHEN, SONDERN LANDESWEIT ZU EINER GEFEIERTEN PERSÖNLICHKEIT.
ENDLICH.
ENDLICH! JA!
ICH MÖCHTE' NUR ALLEN DANKEN, DIE HEUTE HIERHERKAMEN... DEN LEUTEN VON DER PRESSE, MEINEN NACHBARN... UND DEN LADIES HIER-- HALLO!
STAAAAAN!
"WIE ICH SCHON SAGTE, ICH WILL DEN MENSCHEN NUR GUTES TUN. NUR DAS IS' WICHTIG.
"DENN WENN MAN ZU DEN GUTEN ZÄHLT, MAG EINEN JEDER. STIMMT DOCH...
... ODER?"
ES FOLGT:
EINE FRAGE DE
PERSPEKTIVE

"HEUTZUTAGE WIRD ERFOLG AN GESCHWINDIGKEIT GEMESSEN.
RASCHES HANDELN. RASCHER MUT. RASCHES DENKEN."
SO NIMMT ES KEIN WUNDER, DASS BRYCE RACING SYSTEMS UND NYTEXSYM TECHNOLOGIES DIE ERSTEN FIRMEN SIND, DIE GARETH UND HENDERSONS STAR-KLIENTEN SPONSERN, STANLEY STEWART.
NEBEN EINES SIEBENSTELLIGEN VORSCHUSSES, KÜNFTIGE WERBEEINNAHMEN BETREFFEND, STELLEN UNSERE SPONSOREN STANLEY EINE EIGENS ENTWICKELTE RENNKOMBINATION ZUR VERFÜGUNG, DEREN AUSGEFEILTES AERODYNAMISCHES KONZEPT FÜR GERINGEN LUFTWIDERSTAND, HOHE FUSS-TRAKTION UND HITZEABLEITUNG SORGT.
UND EIN COMPUTERGESTEUERTER KÜHLKREISLAUF SORGT FÜR PERFEKTE 37 GRAD KÖPERTEMPERATUR.
LADIES UND GENTLEMEN. ICH GEBE IHNEN DEN MANN, DIE LEGENDE, DEN *BLUR*... STANLEY STEWART!
HEY.
NTS

ICH WILL EIN PAAR LEUTEN DANKEN, FÜR ALLES... DEN JUNGS VON BRYCE UND NYTEXSYM FÜR DAS COOLE OUTFIT... MOM, DIE SICH DIES HIER ZUHAUSE AN IHREM NEUEN FERNSEHER REINZIEHT... HEY, MOM, SAUCOOL, WAS?
ICH MEINE, IHR LEUTE HABT ECHT KEIN' SCHIMMER, WAS ES HEISST, DIE STRASSE RUNTERZULAUFEN UND EURE KLAMOTTEN FANGEN JEDESMAL FEUER. WENN EINER VON EUCH RUSS IM AUGE HAT, WAR'S WAHRSCHEINLICH DIE UNTERWÄSCHE VON LETZTER WOCHE, GESCHNALLT?
HA! HA! HA! HA! HA!
DAS MEINER MOM ZU VERKLICKERN WAR DIE HÄRTE--
VVVVVVVVVVV
VVVOOOOOOM!
"IN EINER STUNDE..."
WAS ZUM... WAS WAR DAS?
STANLEY? SAHST DU, WAS DAS WAR?

TRIFF MICH IN EINER STUNDE ZWEI MEILEN DIE STRASSE RUNTER.
NEE. MUSS DER WIND GEWESEN SEIN.
EGAL, HAB' GERADE VON MEINER MOM ERZÄHLT...
"... BREMSSPUREN IN DER UNTERHOSE IST EINE SACHE, ABER HOLZKOHLE UND ASCHE IST 'NE ANDERE LIGA. ICH--"
"GROSSARTIG, STANLEY. LADIES UND GENTLEMEN, WENN SIE MIT MIR KOMMEN WOLLEN, WIR HABEN FÜR LIMONADE UND HOT DOGS GESORGT."
HEY.
HEY.
WIE LÄUFT'S?
GUT. SELBST?
MUSS JA.
WIESO BIST DU BEIM LETZTEN MAL FORTGELAUFEN?
WOLLTE NICH' MIT DIR LABERN. WAR NICH' BEREIT FÜR'N AUFTRITT.
WARUM BIST DU DANN PERMANENT DURCH GEORGIA GERANNT? SELBST WENN DAS TEMPO DICH TARNT, MUSSTEST DU DAMIT RECHNEN, DASS DU FRÜHER ODER SPÄTER FOTOGRAFIERT WIRST.
KLAR, ICH WUSSTE, DASS ES 'N RISIKO WAR. ABER ICH *MUSSTE* ES TUN, WEISSTE? ICH MEINE, WENN DU'S DRAUF HAST, DU SO SCHNELL BIST, UND DANN ZUHAUSE ABHÄNGEN... WÄR' DOCH GURKIG.
DAS LIED VOM SPEED, BRISANT RASANT, WEISSTE? EINFACH DIE STRECKE CHECKEN UND VOLLGAS VORAUS...
ABER DU WEISST, WIE'S IST. SHIT, AUSSER MIR BISTE DER EINZIGE, DER'S *WEISS*.

RICHTIG. ALS ICH AUFWUCHS UND RAUSFAND FLIEGEN ZU KÖNNEN, HAB' ICH'S LANG FÜR MICH BEHALTEN.
ALS ICH'S DAS ERSTE MAL TAT... DAS ERSTE MAL...
KAUM VORSTELL-BAR.
"ICH FLOG NACHTS DURCH MEIN ZIMMER, DIE TÜR VERRIEGELT, DOCH ES WAR NICHT GENUG... ICH MUSSTE SPÜREN WAS ICH... KANN. SO WEIT UND SCHNELL AUF-STEIGEN WIE NUR MÖGLICH.
"ALSO SCHLICH ICH MICH NACHTS RAUS, WENN NIEMAND VER-DACHT SCHÖPFTE."
UND WIE WEIT KAMST DU?

"WIE WEIT KAMST DU?"
NICHT WEIT.

MH-HM.
IS' 'NE FRAGE OKAY?
KLAR. DANN HAB' ICH EINE FÜR DICH.
WAS TUST DU?
ICH... GLAUBE, ICH VERSTEHE NICHT GANZ.
ICH MEINE, WAS *TUST* DU? WAS IS' MIT HEUTE. WAS HAST DU HEUTE GETAN?
NUN, ICH...
AUF DEM WEG RETTETE ICH ZWÖLF LEUTE VOR EINEM FEUER. IN MEMPHIS ENTGLEISTE EIN WAGGON MIT GIFTIGEN CHEMIKALIEN, ALSO--
DAS HASTE GEMACHT, DEN HELDEN GESPIELT. TOLL. ABER WAS *TUST* DU?
OKAY, JEDER HAT'N ZIEL, 'NEN TRAUM, IRGENDWAS, WORAUF MAN HINARBEITET. DU MUSST DOCH PLÄNE HABEN, MANN. PLÄNE UND ZIELE UND IDEEN UND...
KENNST DOCH DIESE ENGLISCHEN BORDER COLLIES? FLINK, STARK UND CLEVERER ALS JEDER ANDERE HUND AUF DEM PLANETEN. ABER DU MUSST SIE IN SCHUSS HALTEN, IHNEN AUFGABEN UND PROJEKTE UND ZIELE GEBEN.
KANNTE 'N TYP, DER EINEN HATTE. HAT IHN NICH' GENÜGEND BESCHÄFTIGT, ALSO HAT DAS VIEH SEINE VERANDA AUSEINANDERGE-NOMMEN, BRETT FÜR BRETT.
WENN DU SO'NEM VIEH NIX WICHTIGES ZU *TUN* GIBST, IRGEND 'NE ART AUFGABE, DREHT ES DURCH.
WAS DER WELT GERADE NOCH FEHLT, IS', WENN EINER WIE DU DURCHDREHT, KAPIERST DU, WAS ICH MEINE?
ICH NEHME AN.
NUN IST ES ZEIT FÜR MEINE FRAGE.

WO KOMMST DU HER? WOHER HAST DU DEINE FÄHIGKEITEN?
KEIN SCHIMMER, MANN. MOM SAGT, IN DER FAMILIE GAB'S NIE EINEN WIE MICH. WURDE GANZ NORMAL GEBOREN. ALS ICH KLEIN WAR, BIN ICH MAL ECHT KRANK GEWORDEN, BIN FAST DRAUFGEGANGEN. DAVON ABGESEHEN, LIEF'S NORMAL.
FÜR MICH WAR'S IMMER 'N GROSSER EVOLUTIONSSPRUNG. FÜR MEINE MOM WAR'S DIE HAND GOTTES. DACHTE, ICH BIN DER EINZIGE, BIS DU KAMST.
DIE REGIERUNG SAGTE, MEINE LEIBLICHEN ELTERN STARBEN KURZ NACH MEINER GEBURT BEI EINEM FLUGZEUGABSTURZ. MAN WOLLTE MEINE ECHTEN ELTERN, DIE MICH AUFZOGEN, SCHÜTZEN. DOCH HIN UND WIEDER DENKE ICH...
WAS DENKST DU?
"ES IST... MANCHMAL HABE ICH DIESE TRÄUME.
"ICH KENNE IHRE BEDEUTUNG NICHT, ABER SIE SIND... VERWIRREND.
"MANCHMAL DACHTE ICH SOGAR--"
"DACHTEST WAS?"
NICHTS. DAS IST MIR NUN KLAR. ICH MEINTE STETS, GÄBE ES NUR EINE ANDERE PERSON, DIE AUF DEMSELBEN WEGE WIE ICH GEBOREN WURDE, DIE TUN KÖNNTE, WAS ICH KANN... DIE TRÄUME WÄREN LÜGEN.
ALSO SIND SIE ES WOHL.
UND... DAS IST ALLES, WAS ICH JE WISSEN WOLLTE. EHRLICH GESAGT, IST ES EINE ART ERLEICHTERUNG.

ICH MUSS LOS--
ICH WEISS.
-- ABER WENN DU MAL, WEISST SCHON, REDEN WILLST... FINDEST MICH HIER. TYPEN WIE WIR BRAUCHEN EINEN ZUM REDEN, RICHTIG?
SIEHT AUS, ALS WÄR'N WIR DIE... EINZIGEN "TYPEN WIE WIR".
MEINST DU?
HÖRE IMMER WIEDER VON 'NEM TYPEN IN CHICAGO, DER IRGENDWIE... ANDERS SEIN SOLL. SO WIE WIR ANDERS SIND.
NIGHT-HAWK. SO NENNEN SIE IHN DORT. NIGHT-HAWK.
KÖNNTE NUR'N HIRN-GESPINST SEIN...
... NA JA, DAS HAM SIE AUCH ÜBER MICH GE-SAGT, WEIS-STE?
BOOOOM!
"ICH DENKE, DAS KÖNNTE DER DURCH-BRUCH SEIN, SIR."

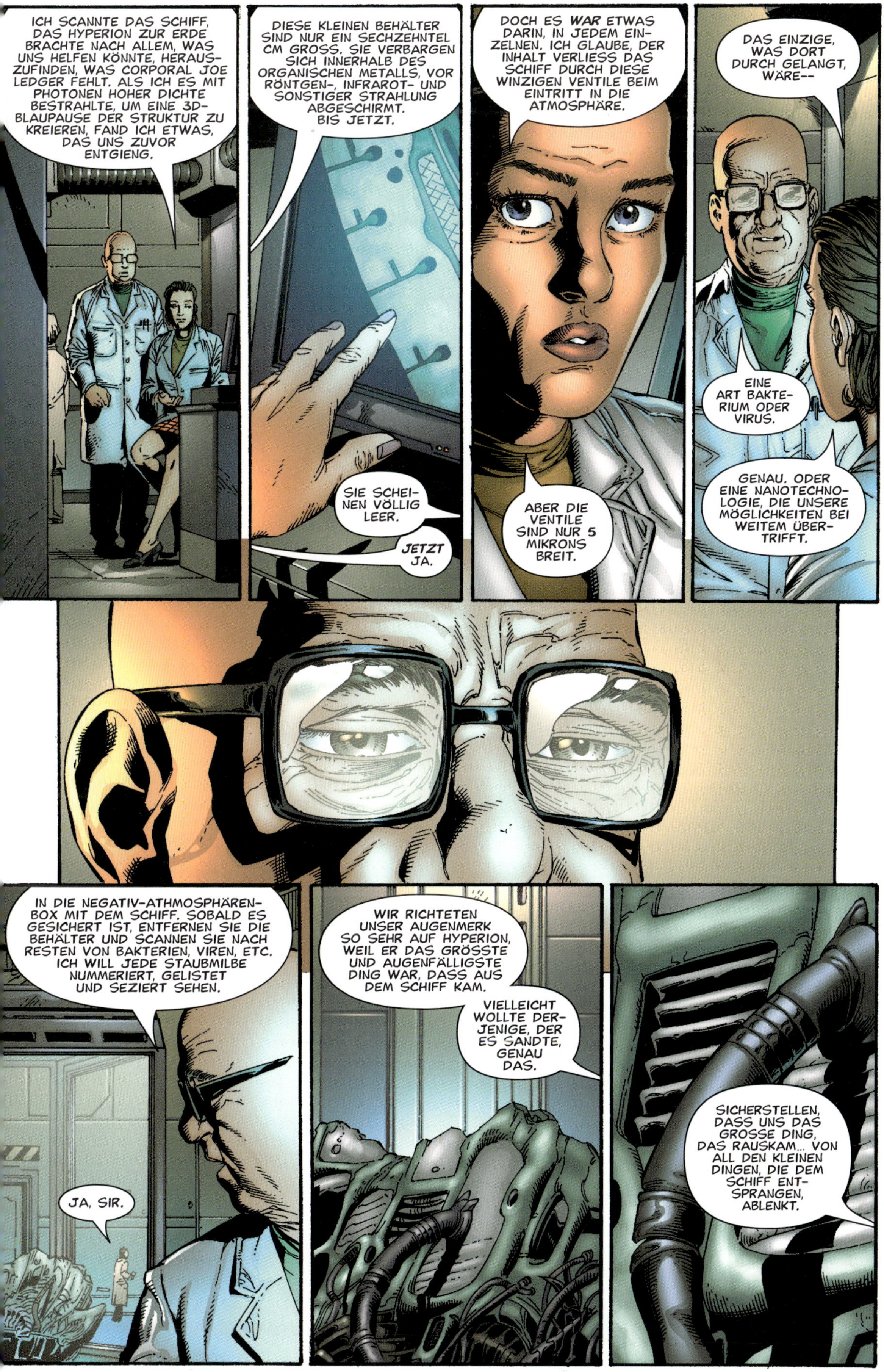
ICH SCANNTE DAS SCHIFF, DAS HYPERION ZUR ERDE BRACHTE NACH ALLEM, WAS UNS HELFEN KÖNNTE, HERAUSZUFINDEN, WAS CORPORAL JOE LEDGER FEHLT. ALS ICH ES MIT PHOTONEN HOHER DICHTE BESTRAHLTE, UM EINE 3D-BLAUPAUSE DER STRUKTUR ZU KREIEREN, FAND ICH ETWAS, DAS UNS ZUVOR ENTGIENG.
DIESE KLEINEN BEHÄLTER SIND NUR EIN SECHZEHNTEL CM GROSS. SIE VERBARGEN SICH INNERHALB DES ORGANISCHEN METALLS, VOR RÖNTGEN-, INFRAROT- UND SONSTIGER STRAHLUNG ABGESCHIRMT. BIS JETZT.
SIE SCHEINEN VÖLLIG LEER.
JETZT JA.
DOCH ES WAR ETWAS DARIN, IN JEDEM EINZELNEN. ICH GLAUBE, DER INHALT VERLIESS DAS SCHIFF DURCH DIESE WINZIGEN VENTILE BEIM EINTRITT IN DIE ATMOSPHÄRE.
ABER DIE VENTILE SIND NUR 5 MIKRONS BREIT.
DAS EINZIGE, WAS DORT DURCH GELANGT, WÄRE--
EINE ART BAKTERIUM ODER VIRUS.
GENAU. ODER EINE NANOTECHNOLOGIE, DIE UNSERE MÖGLICHKEITEN BEI WEITEM ÜBERTRIFFT.
IN DIE NEGATIV-ATHMOSPHÄREN-BOX MIT DEM SCHIFF. SOBALD ES GESICHERT IST, ENTFERNEN SIE DIE BEHÄLTER UND SCANNEN SIE NACH RESTEN VON BAKTERIEN, VIREN, ETC. ICH WILL JEDE STAUBMILBE NUMMERIERT, GELISTET UND SEZIERT SEHEN.
JA, SIR.
WIR RICHTETEN UNSER AUGENMERK SO SEHR AUF HYPERION, WEIL ER DAS GRÖSSTE UND AUGENFÄLLIGSTE DING WAR, DASS AUS DEM SCHIFF KAM.
VIELLEICHT WOLLTE DERJENIGE, DER ES SANDTE, GENAU DAS.
SICHERSTELLEN, DASS UNS DAS GROSSE DING, DAS RAUSKAM... VON ALL DEN KLEINEN DINGEN, DIE DEM SCHIFF ENTSPRANGEN, ABLENKT.

"ALSO, KANN HYPERION, ALL DIES... REINE ABLENKUNG GEWESEN SEIN? WOVON?"
"ABHÄNGIG...
"... DAVON, WIEVIELE MIKROBEN, VIREN ODER BAKTERIEN SICH IN DEN BEHÄLTERN BEFANDEN... ZU WELCHEM ZWECK SIE ERSCHAFFEN WURDEN...
"... WIEVIELE AUSSERIRDISCHE LEBENSFORMEN WELCHER GRÖSSE EIN ÖKOSYSTEM BEFALLEN KÖNNEN, BEVOR MAN ES INVASION NENNT.
"WIE DEM AUCH SEI; ICH WERDE HEUTE NACHT WENIG SCHLAF BEKOMMEN."

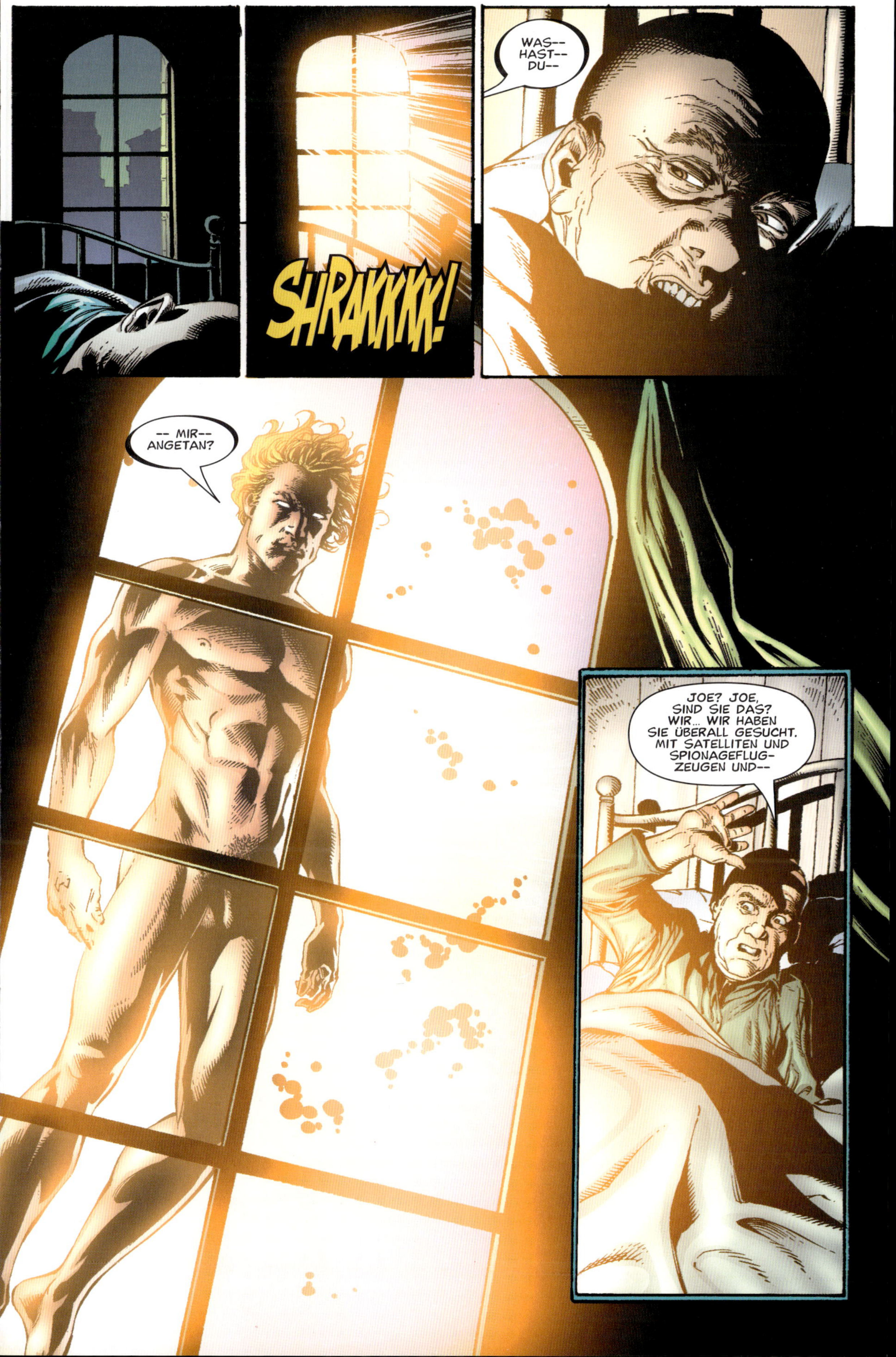
WAS--
HAST--
DU--
SHRAKKKK!
-- MIR--
ANGETAN?
JOE? JOE, SIND SIE DAS? WIR... WIR HABEN SIE ÜBERALL GESUCHT. MIT SATELLITEN UND SPIONAGEFLUG-ZEUGEN UND--

THA-KOOOOOM!
JOE... JOE, BITTE, HÖREN SIE MIR ZU... SIE MÜSSEN MIR GLAUBEN... WIR **WUSSTEN** ES NICHT... HATTEN KEINE AHNUNG, WAS ES BEWIRKEN WÜRDE... DAS ES DAS **BEWIRKT**...
NICHT TÖTEN... BITTE...
NICHT? SIEH DICH AN. ICH KANN ALLES TUN. MIT DIR. MIT EUCH ALLEN.

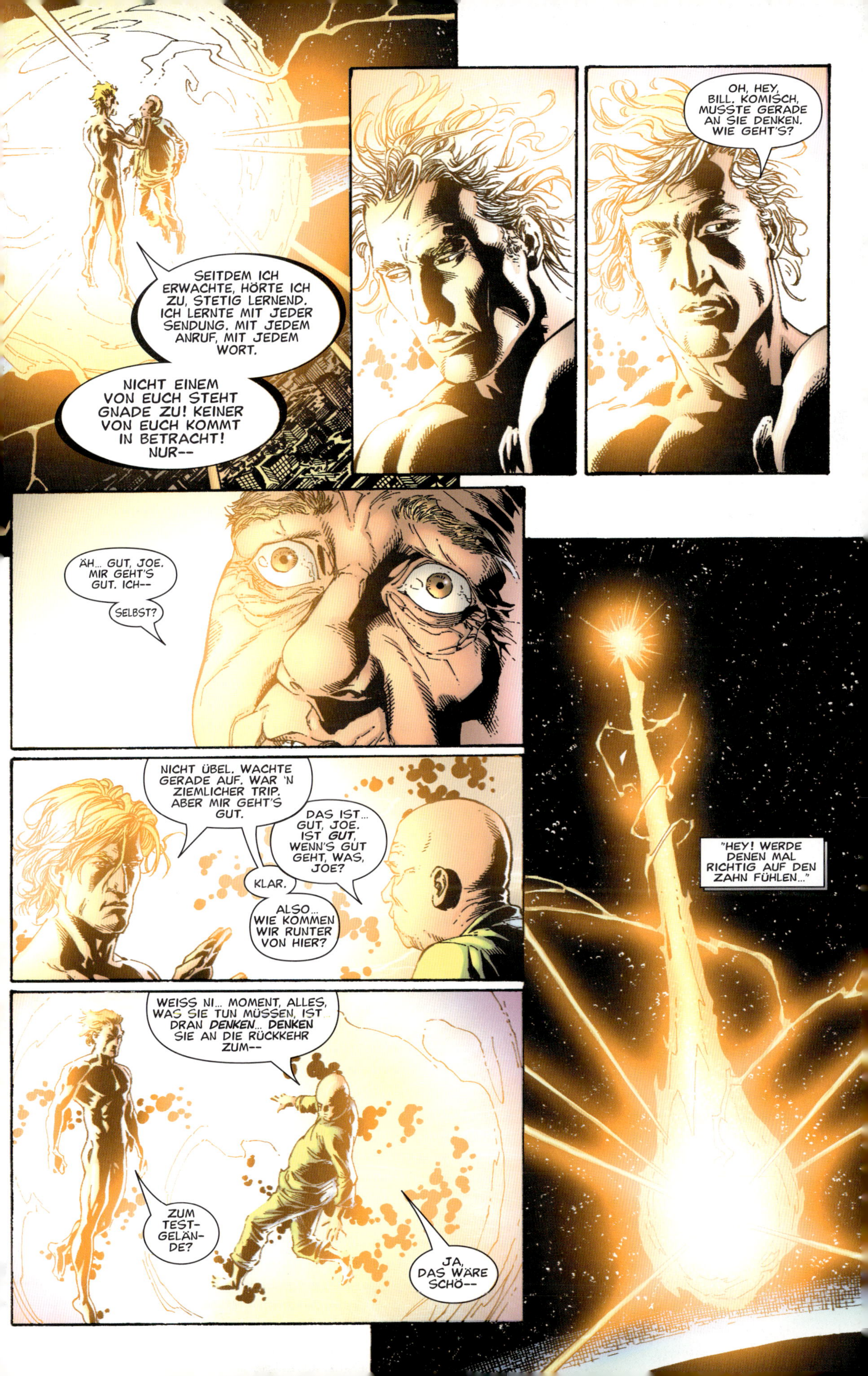
SEITDEM ICH ERWACHTE, HÖRTE ICH ZU, STETIG LERNEND. ICH LERNTE MIT JEDER SENDUNG. MIT JEDEM ANRUF, MIT JEDEM WORT.
NICHT EINEM VON EUCH STEHT GNADE ZU! KEINER VON EUCH KOMMT IN BETRACHT! NUR--
OH, HEY, BILL. KOMISCH, MUSSTE GERADE AN SIE DENKEN. WIE GEHT'S?
ÄH... GUT, JOE. MIR GEHT'S GUT. ICH--
SELBST?
NICHT ÜBEL. WACHTE GERADE AUF. WAR 'N ZIEMLICHER TRIP. ABER MIR GEHT'S GUT.
DAS IST... GUT, JOE. IST *GUT*, WENN'S GUT GEHT, WAS, JOE?
KLAR.
ALSO... WIE KOMMEN WIR RUNTER VON HIER?
WEISS NI... MOMENT, ALLES, WAS SIE TUN MÜSSEN, IST DRAN *DENKEN*... DENKEN SIE AN DIE RÜCKKEHR ZUM--
ZUM TEST-GELÄNDE?
JA, DAS WÄRE SCHÖ--
"HEY! WERDE DENEN MAL RICHTIG AUF DEN ZAHN FÜHLEN..."

... MACH' HIN, JACK... BEWEG' DEIN' ARSCH, MACH SCHON...
ELCOME HOME!
COME TO FOUR ROAD
TIST CHURCH EST 1926
... WIR HA'M NICH' EWIG ZEIT, MANN!
HIT AND RUN, ALTER, HIT AND RUN.
NU
DIST=160
X 12
NU
DIST = 10
X 3
HI. NA, WIE GEHT'S?

EIN FREUND RIET MIR, MICH IN CHICAGO UMZUSCHAUEN; ICH KÖNNTE AUF ETWAS INTERESSANTES STOSSEN.
WIE DICH.
NIGHT-HAWK, NICHT WAHR?
ICH BIN MARK. EIGENTLICH HYPERION, DOCH RICHTIG IST MARK.
EIFRIGE JUNGS DA UNTEN, STIMMT'S?
WAHRHAFT KEINE PERFEKTE VERKÖRPERUNG DES AMERIKANISCHEN TRAUMS.
ICH FOLGTE DIR DEN GROSSTEIL DER NACHT. WAS EINFACH WAR, DA ICH HÖHER KOMME ALS DU. DABEI FIELEN MIR EINIGE DINGE AUF.
"ERSTENS, SÄMTLICHE DEINER SCHÜTZLINGE, DENEN DU ZU HILFE EILTEST, WAREN AFRO-AMERIKANER UND DIEJENIGEN, DIE SIE ATTACKIERTEN, WAREN WEISSE.
"NUR EINE STRASSE DAVON ENTFERNT, WURDE EINE JUNGE WEISSE FRAU VON EINER HISPANO-GANG GEJAGT--
"-- UND EIN ASIATISCHER HÄNDLER WURDE VON RUMTEIBERN BEDROHT.
"DA DU GERADE BESCHÄFTIGT WARST, NAHM ICH MICH DER ANGELEGENHEIT AN.
"WAS MICH DIREKT ZU PUNKT ZWEI FÜHRT."

SO WIE DU KLETTERST UND KÄMPFST, LÄUFST UND SPRINGST... IST NICHTS... BESONDERES AN DIR, ODER TÄUSCHE ICH MICH?
NICHT, DASS WIR NICHT ALLE AUF UNSERE ART BESONDERS SIND. ICH MEINE, KEINE KRÄFTE. NUR TRAINING.
ICH HABE EINEN VORTEIL AUFGRUND MEINER GEBURT, DEN WENIGE ANDERE MENSCHEN HABEN. MANCHE HABEN DIE DUMME IDEE, SIE KÖNNTEN DASSELBE TUN, WIE ICH, INDEM SIE SICH DAFÜR ENTSCHEIDEN. WENN ICH NOCH MAL HÖRE, DASS EIN KIND SICH EIN BEIN BRICHT, WEIL ES DENKT, ES KANN FLIEGEN, DANN...
WIR MÜSSEN UNSERE ABHÄNGIGKEITEN KENNEN. ICH HASSE ES, SOLLTE MEIN TUN LEUTEN DEN FALSCHEN EINDRUCK VERMITTELN, WAS SIE TUN ODER SEIN KÖNNEN. ES GIBT GRENZEN.
MOM! DAD!
ICH RESPEKTIERE DEINE ZIELE. DEINE TAPFERKEIT. ICH KÖNNTE DURCH DEINE MASKE BLICKEN UND DICH ERKENNEN; ICH TUE ES NICHT. AUCH, WEIL MEIN BLITZBLICK NICHT SO PRÄZISE IST WIE ICH MÖCHTE, UND ICH DEIN GESICHT IN BRAND SETZEN KÖNNTE.
DOCH ICH MUSS DICH FRAGEN... BIST DU WIRKLICH ANDERS ALS DIE BURSCHEN DA UNTEN? WENN DU NUR EINER GRUPPE VON MENSCHEN HILFST; IST DAS KEINE FORM DES RASSISMUS? IST ES NICHT BESSER, ALLEN BEDÜRFTIGEN ZU HELFEN, WEIL SIE BEDÜRFTIG SIND? WEIL WIR HELFEN KÖNNEN? IST ES NICHT DAS, WAS DIESES LAND GROSS MACHT?
ICH TRETE DIESEN DINGEN STETS FARBENBLIND ENTGEGEN. MEINE LEUTE LEHRTEN MICH, DIESE GABE MIT ALLEN AMERIKANERN ZU TEILEN. GLEICH, WELCHER HAUTFARBE, HERKUNFT ODER RELIGION.
WILLKOMMEN, IHR HIPPIES
ICH GLAUBE, DIE WELT IST GLÜCKLICHER, BETRACHTET MAN SIE DURCH FARBENBLINDE AUGEN.
WENN MEINE BLOSSE EXISTENZ DICH DAZU INSPIRIERTE, TAPFER DIE INITIATIVE ZU ERGREIFEN UND MENSCHEN ZU HELFEN, FORDERE ICH DICH AUF, UNTERSCHIEDSLOS ALLEN BEDÜRFTIGEN MENSCHEN ZU HELFEN.
WELCOME TO MARS
DADDY?
VERSUCHE, DIE WELT VON AUSSERHALB ZU SEHEN, ALS EINEN GROSSEN PLANETEN OHNE GRENZEN ODER NATIONALITÄTEN.
MANCHMAL DENKE ICH, NUR JEMAND, DER EIN ECHTER ALIEN IST, KANN DIE PROBLEME DER WELT LÖSEN, WEIL NUR EIN ALIEN ÜBER DIE NÖTIGE OBJEKTIVITÄT FÜR DIESEN JOB VERFÜGT.

NUN JA, ICH MÖCHTE DIR NUR SAGEN, DASS ICH DEINE GUTEN ABSICHTEN EHRE, ABER DU SOLLTEST DEINEN HORIZONT BEZÜGLICH DEINES TUNS ERWEITERN.
UND? MÖCHTEST DU DARAUF ANTWORTEN?
KLAR.
WÜRDE SAGEN, DU HAST DICH 'NEN SCHEISS DRUM GEKÜMMERT, DIE TYPEN DA UNTEN VON IHREM DING ABZUHALTEN.
ICH MISCHE MICH NIE IN DIE ARBEIT EINES PROFIS EIN.
GUTE NACHT NOCH.
ARSCH.

KKK

JA, AM ARSCH. FARBENBLIND, VON WE-GEN.
"ERSTE AUFSCHLAG-REGEL, HUMPTY-DUMPTYS UNGEACHTET: ZERBRECHEN WIR ETWAS, UND SEI ES DURCH EIG'NE SCHULD, GIBT ES STETS EINEN WEG, ES WIEDER ZUSAMMENZUSETZEN..."

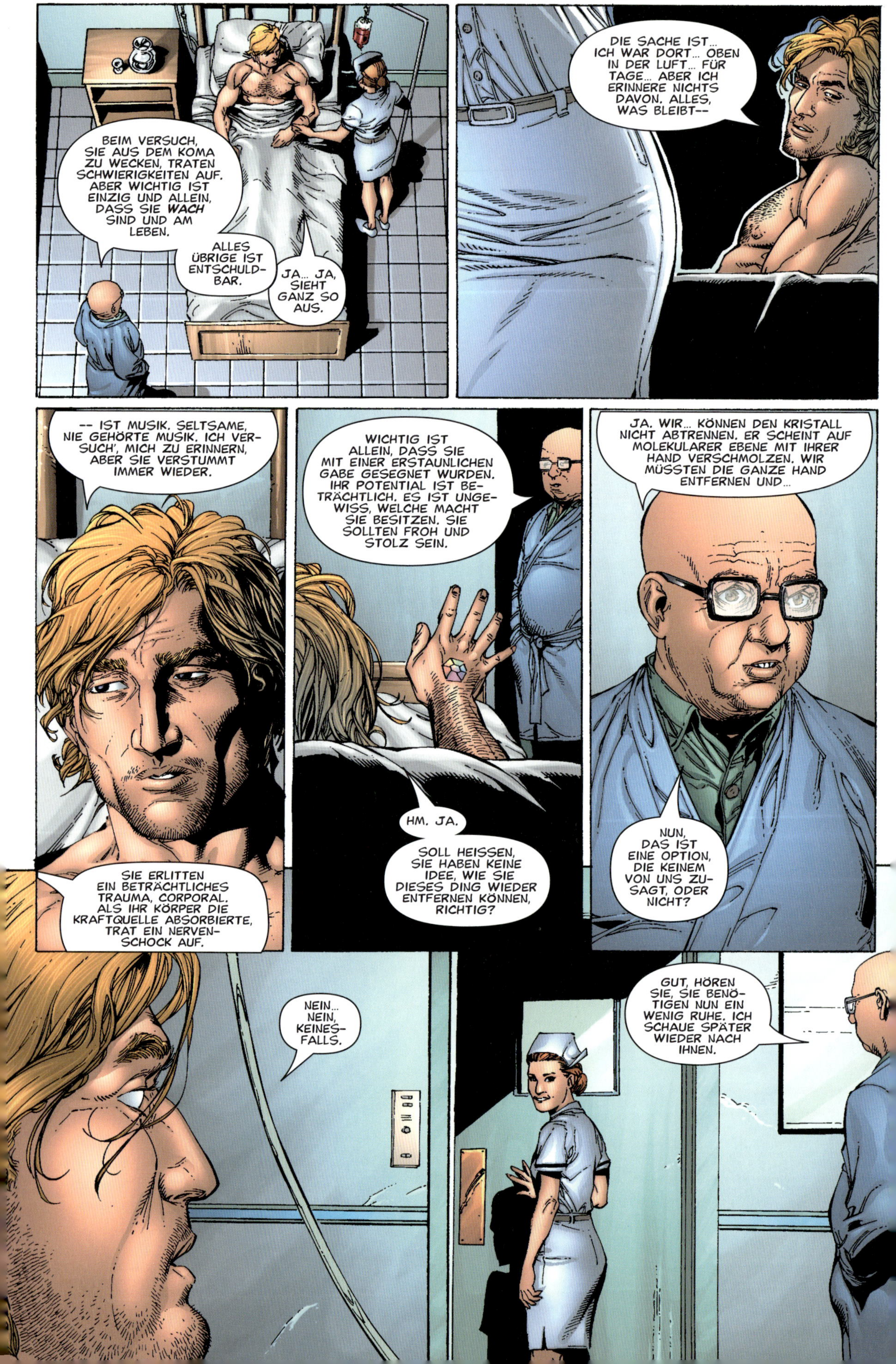
BEIM VERSUCH, SIE AUS DEM KOMA ZU WECKEN, TRATEN SCHWIERIGKEITEN AUF. ABER WICHTIG IST EINZIG UND ALLEIN, DASS SIE WACH SIND UND AM LEBEN.
ALLES ÜBRIGE IST ENTSCHULD-BAR.
JA... JA, SIEHT GANZ SO AUS.
DIE SACHE IST... ICH WAR DORT... OBEN IN DER LUFT... FÜR TAGE... ABER ICH ERINNERE NICHTS DAVON. ALLES, WAS BLEIBT--
-- IST MUSIK. SELTSAME, NIE GEHÖRTE MUSIK. ICH VER-SUCH', MICH ZU ERINNERN, ABER SIE VERSTUMMT IMMER WIEDER.
SIE ERLITTEN EIN BETRÄCHTLICHES TRAUMA, CORPORAL. ALS IHR KÖRPER DIE KRAFTQUELLE ABSORBIERTE, TRAT EIN NERVEN-SCHOCK AUF.
WICHTIG IST ALLEIN, DASS SIE MIT EINER ERSTAUNLICHEN GABE GESEGNET WURDEN. IHR POTENTIAL IST BE-TRÄCHTLICH. ES IST UNGE-WISS, WELCHE MACHT SIE BESITZEN. SIE SOLLTEN FROH UND STOLZ SEIN.
HM. JA.
SOLL HEISSEN, SIE HABEN KEINE IDEE, WIE SIE DIESES DING WIEDER ENTFERNEN KÖNNEN, RICHTIG?
JA. WIR... KÖNNEN DEN KRISTALL NICHT ABTRENNEN. ER SCHEINT AUF MOLEKULARER EBENE MIT IHRER HAND VERSCHMOLZEN. WIR MÜSSTEN DIE GANZE HAND ENTFERNEN UND...
NUN, DAS IST EINE OPTION, DIE KEINEM VON UNS ZU-SAGT, ODER NICHT?
NEIN... NEIN, KEINES-FALLS.
GUT, HÖREN SIE, SIE BENÖ-TIGEN NUN EIN WENIG RUHE. ICH SCHAUE SPÄTER WIEDER NACH IHNEN.

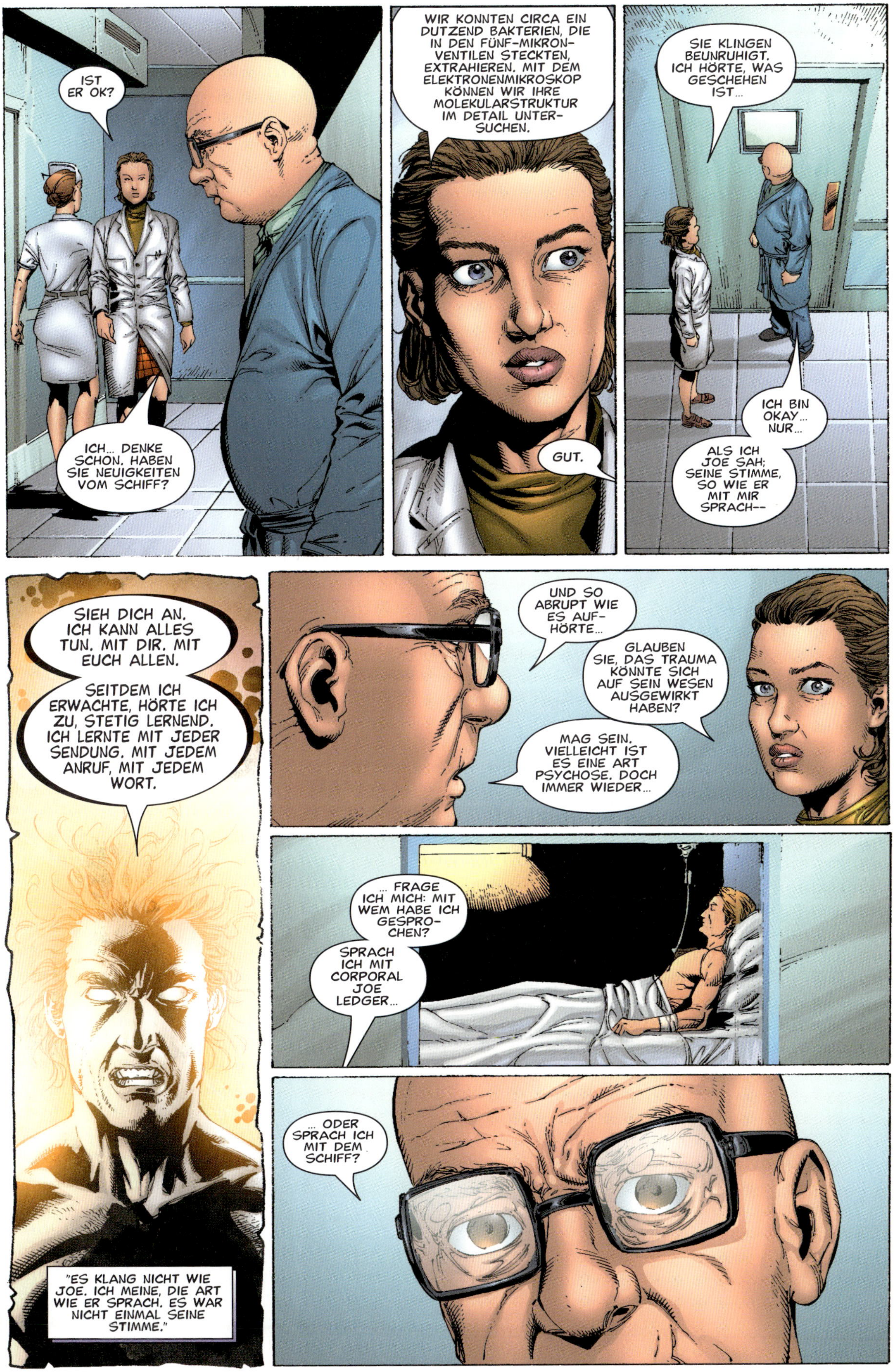
IST ER OK?
ICH... DENKE SCHON. HABEN SIE NEUIGKEITEN VOM SCHIFF?
WIR KONNTEN CIRCA EIN DUTZEND BAKTERIEN, DIE IN DEN FÜNF-MIKRON-VENTILEN STECKTEN, EXTRAHIEREN. MIT DEM ELEKTRONENMIKROSKOP KÖNNEN WIR IHRE MOLEKULARSTRUKTUR IM DETAIL UNTERSUCHEN.
GUT.
SIE KLINGEN BEUNRUHIGT. ICH HÖRTE, WAS GESCHEHEN IST...
ICH BIN OKAY... NUR...
ALS ICH JOE SAH; SEINE STIMME, SO WIE ER MIT MIR SPRACH--
SIEH DICH AN. ICH KANN ALLES TUN. MIT DIR. MIT EUCH ALLEN.
SEITDEM ICH ERWACHTE, HÖRTE ICH ZU, STETIG LERNEND. ICH LERNTE MIT JEDER SENDUNG. MIT JEDEM ANRUF, MIT JEDEM WORT.
"ES KLANG NICHT WIE JOE. ICH MEINE, DIE ART WIE ER SPRACH. ES WAR NICHT EINMAL SEINE STIMME."
UND SO ABRUPT WIE ES AUFHÖRTE...
GLAUBEN SIE, DAS TRAUMA KÖNNTE SICH AUF SEIN WESEN AUSGEWIRKT HABEN?
MAG SEIN. VIELLEICHT IST ES EINE ART PSYCHOSE. DOCH IMMER WIEDER...
... FRAGE ICH MICH: MIT WEM HABE ICH GESPROCHEN?
SPRACH ICH MIT CORPORAL JOE LEDGER...
... ODER SPRACH ICH MIT DEM SCHIFF?

"VERSUCHE, DIE WELT VON AUSSERHALB ZU SEHEN, ALS EINEN GROSSEN PLANETEN OHNE GRENZEN ODER NATIONALITÄTEN.
"MANCHMAL DENKE ICH, NUR JEMAND, DER EIN ECHTER ALIEN IST, KANN DIE PROBLEME DER WELT LÖSEN.
"WEIL NUR EIN ALIEN ÜBER DIE NÖTIGE OBJEKTIVITÄT FÜR DIESEN JOB VERFÜGT."
"WENN DU SO 'NEM VIEH NIX WICHTIGES ZU *TUN* GIBST, IRGEND 'NE ART AUFGABE, DREHT ES DURCH.
"WAS DER WELT GERADE NOCH FEHLT, IS', WENN EINER WIE DU DURCHDREHT.
"KAPIERST DU, WAS ICH MEINE?"
ENDE.

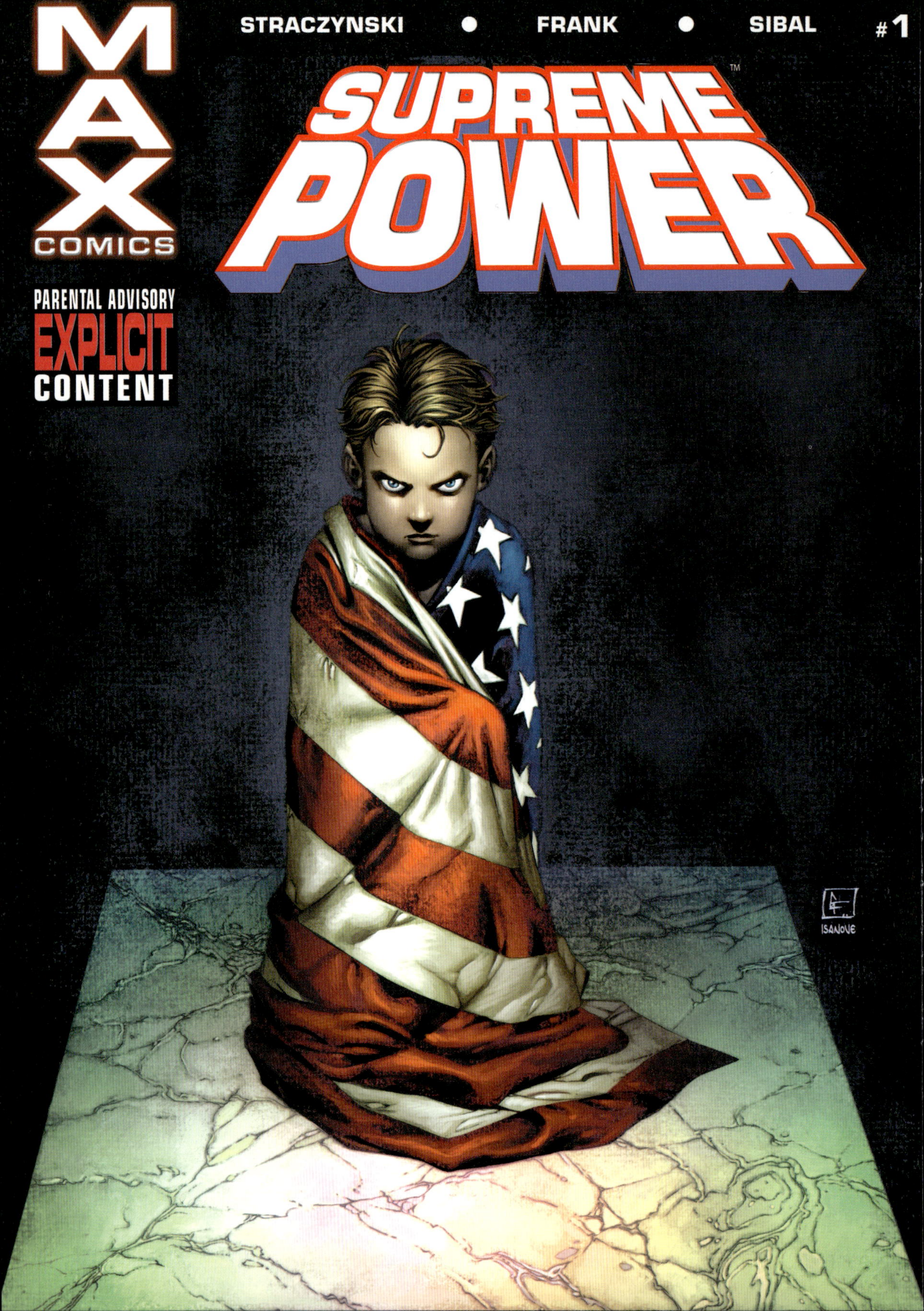
MAX
COMICS
STRACZYNSKI • FRANK • SIBAL
#1
SUPREME POWER
PARENTAL ADVISORY
EXPLICIT
CONTENT
ISANOVE

MAX COMICS

STRACZYNSKI • FRANK • SIBAL #2

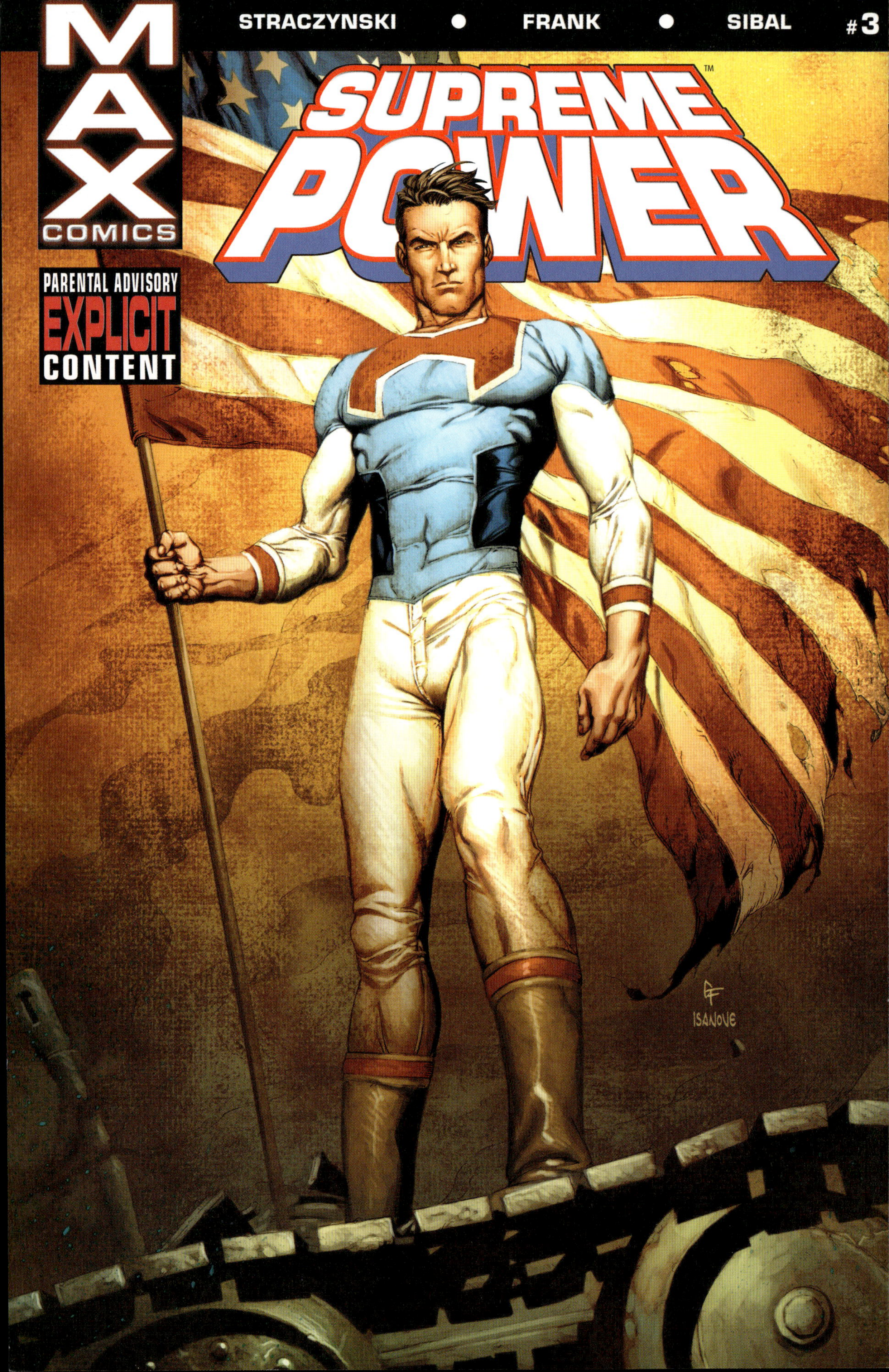
MAX COMICS
STRACZYNSKI • FRANK • SIBAL
#3
SUPREME POWER™
PARENTAL ADVISORY EXPLICIT CONTENT
ISANOVE

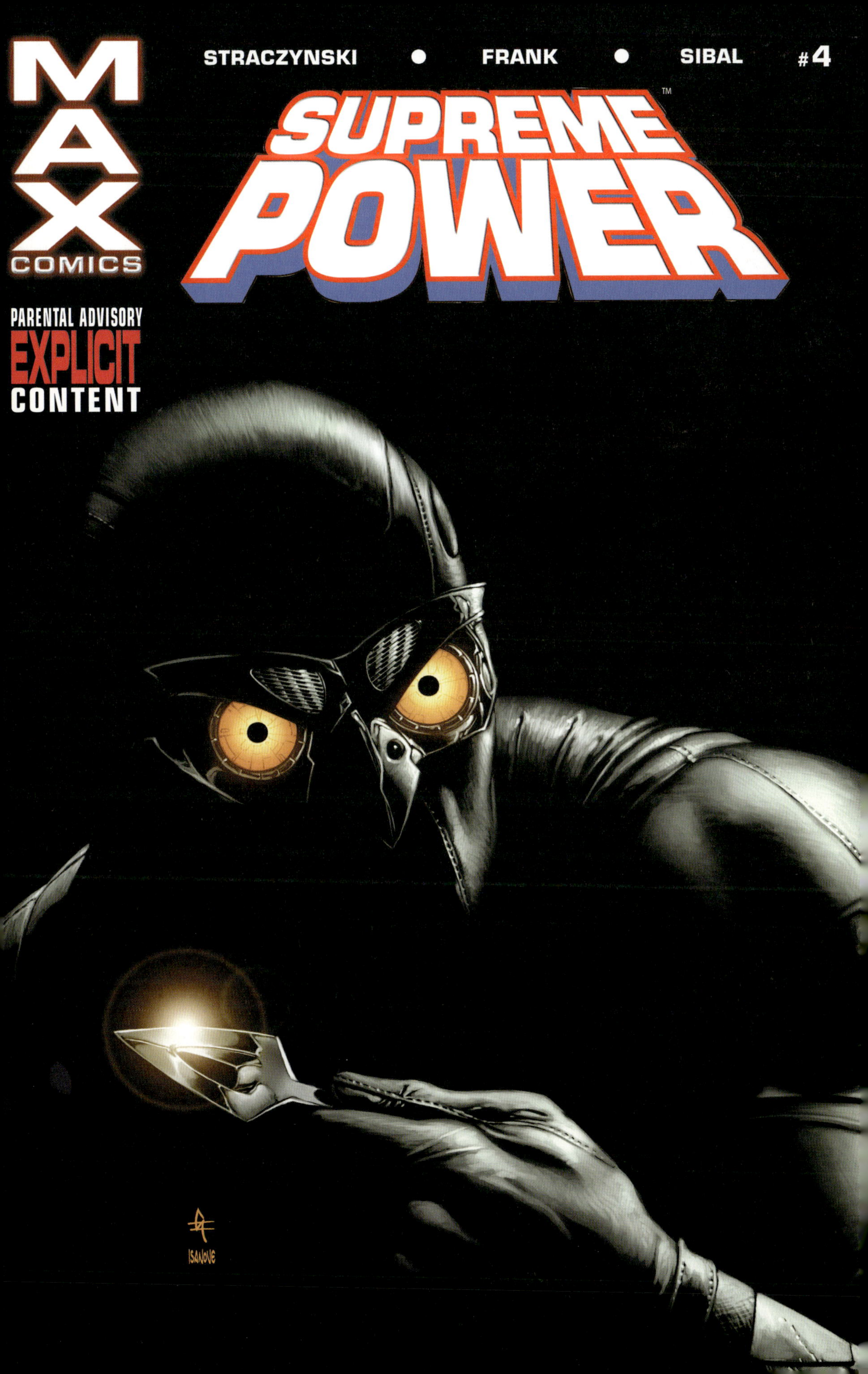

MAX COMICS
STRACZYNSKI • FRANK • SIBAL
#4
SUPREME POWER™
PARENTAL ADVISORY
EXPLICIT
CONTENT
ISANOVE

MAX COMICS
STRACZYNSKI • FRANK • SIBAL
#5
SUPREME POWER™
PARENTAL ADVISORY
EXPLICIT
CONTENT
JMS
MARVEL

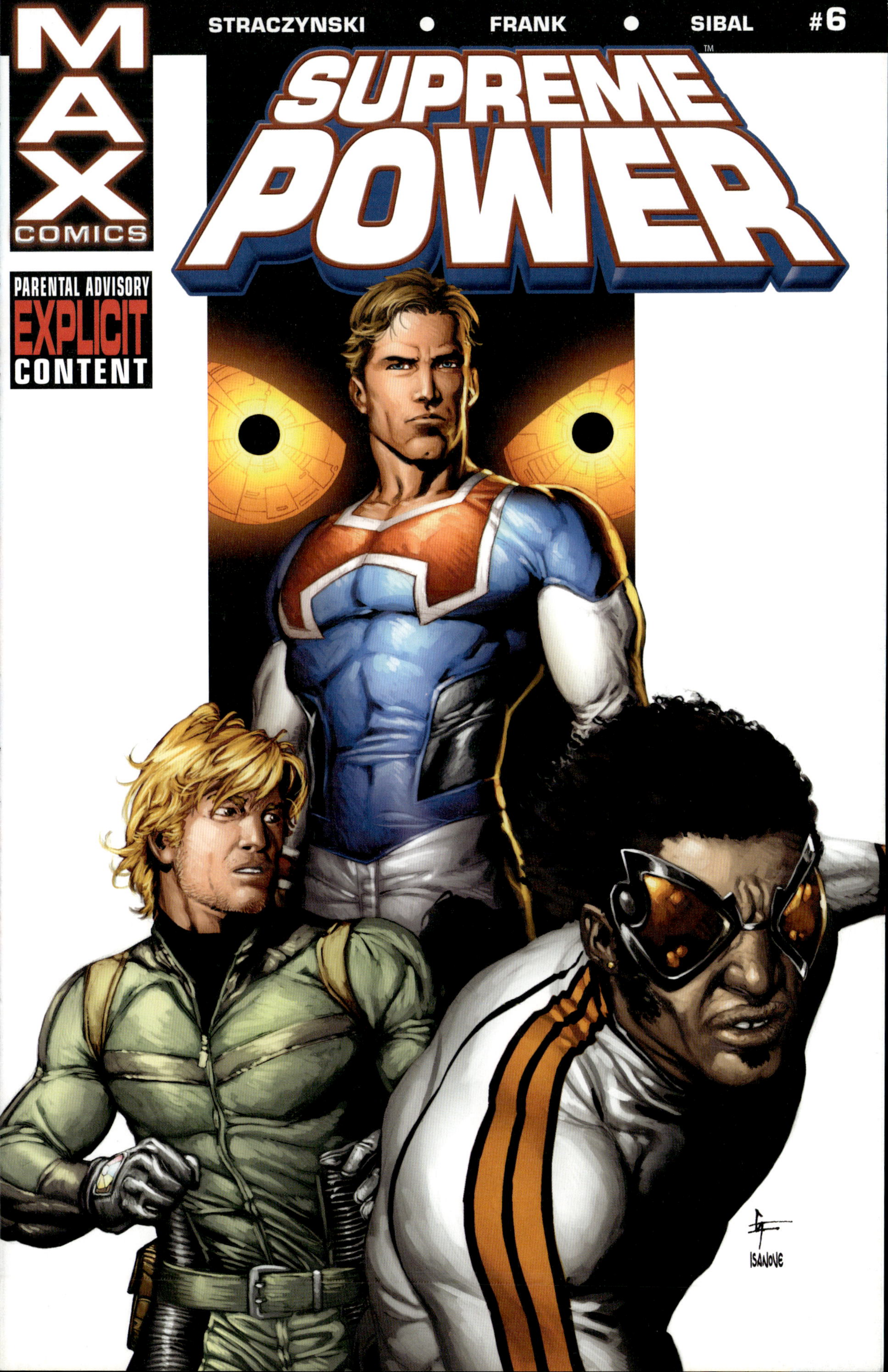
MAX COMICS
STRACZYNSKI • FRANK • SIBAL
#6
SUPREME POWER
PARENTAL ADVISORY EXPLICIT CONTENT
ISANOVE

MAX COMICS
STRACZYNSKI • FRANK • SIBAL
SUPREME POWER
PARENTAL ADVISORY EXPLICIT CONTENT
SPECIAL EDITION
[redacted]